国学经典丛书

名家注评本

唐宋八大家散文

[唐]韩愈 等著

王会磊 注评

长江出版传媒

长江文艺出版社

图书在版编目（ＣＩＰ）数据

唐宋八大家散文 / （唐）韩愈等著：王会磊注评
. -- 武汉：长江文艺出版社，2015.7（2018.8 重印）
（国学经典丛书）
ISBN 978-7-5354-8077-4

Ⅰ. ①唐… Ⅱ. ①韩… ②王… Ⅲ. ①唐宋八大家—
古典散文—散文集 Ⅳ. ①I264.2

中国版本图书馆 CIP 数据核字(2015)第 109439 号

责任编辑：施柳柳　　　　　　　　责任校对：陈　琪
封面设计：徐慧芳　　　　　　　　责任印制：左　怡　　邱　莉

出版：长江出版传媒　　长江文艺出版社

地址：武汉市雄楚大街 268 号　　　邮编：430070
发行：长江文艺出版社
电话：027—87679360
http://www.cjlap.com
印刷：湖北恒泰印务有限公司

开本：880 毫米×1230 毫米　　1/32　　印张：7.875　插页：4 页
版次：2015 年 7 月第 1 版　　　2018年8月第2次印刷
字数：153 千字

定价：28.00 元

总　序

郭齐勇　武汉大学国学院院长

　　国学大师钱穆先生曾说"今人率言'革新'，然革新固当知旧"。对现代人尤其是青年一代来说，缺乏的也许不是所谓的"革新力量"，而是"知旧"，也即对传统的了解。

　　中国文化传统的源头，都在中国古代经典当中。从先秦的《诗经》《易经》，晚周诸子，前四史与《资治通鉴》，骚体诗、汉乐府和辞赋，六朝骈文，直到唐诗、宋词、元曲和明清小说，在传统经典这条源远流长的巨川大河中，流淌着多少滋养着我们精神的养分和元气！

　　《说文解字》上说"经"是一种有条不紊的编织排列，《广韵》上说"典"是一种法、一种规则。经与典交织运作，演绎中国文化的风貌，制约着我们的日常行为规范、生活秩序。中国文化的基调，总体上是倾向于人间的，是关心人生、参与人生、反映人生的，当然也是指导人生的。无论是春秋战国的诸子哲学，汉魏各家的传经事业，韩柳欧苏的道德文章，程朱陆王的心性义理，还是先民传唱的诗歌，屈原的忧患行吟，都洋溢着强烈的平民性格、人伦大爱、家国情怀、理想境界。尤其是四书五经，更是中国人的常经、常道。这些对当下中国人治国理政，建构健康人格，铸造民族精魂都具有重要意义。经典是当代人增长生命智慧的源头活水!

长江文艺出版社历来重视中华民族优秀传统文化的传播及普及，近年来更在阐释传统经典、传承核心文化价值，建构文化认同的大纛下努力向中国古典文化的宝库掘进。他们欲推出《国学经典丛书》，殊为可喜。

怎么样推广这些传统文化经典呢？

古代经典和现代读者的阅读习惯及趣味本来有一定差距，如果再板起面孔、高高在上，只会让现代读者望而生畏。当然，经典也不是任人打扮的小姑娘，一味将它鸡汤化、庸俗化、功利化，也会让它变味。最好的办法就是，既忠实于经典的原汁原味，又方便读者读懂经典，易于接受。在这个原则的指导下，《国学经典丛书》首先是以原典为主，尊重原典，呈现原典。同时又照顾现实需要，为现代读者阅读经典扫除障碍，对经典作必要的字词义的疏通。这些必要精到的疏通，给了现代读者一把打开经典大门的钥匙，开启了现代读者与古圣先贤神交的窗口。

放眼当下出版界，传统文化出版物鱼目混珠、泥沙俱下，诸多出版商打着传承古典文化的旗号，曲解经典，对现代读者尤其是广大青少年认知传承经典起了误导作用。有鉴于此，长江文艺出版社推出的《国学经典丛书》特别注重版本的选取。这套丛书30个品种当中，大多数择取了当前国内已经出版过的优秀版本，是请相关领域的名家、专业人士重新梳理的。这些版本在尊重原典的前提下同时兼顾其普及性，希望读者能有一次轻松愉悦的古典之旅。

种种原因，这套丛书必然会有缺点和疏漏，祈望方家指正。

导　言

　　唐宋八大家，是唐宋时期以写诗歌和散文为主的八位文学家的合称，包括唐代的韩愈、柳宗元和宋代的欧阳修、苏洵、苏轼、苏辙、王安石、曾巩。其中，韩愈、柳宗元是唐代古文运动的领袖，欧阳修、三苏四人是宋代古文运动的核心人物，而王安石、曾巩是临川文学的代表人物。他们先后掀起的古文革新浪潮，反对魏晋南北朝时期着重文辞修饰、内容空泛的骈体文，使诗文发展的陈旧面貌焕然一新。而他们的古文写作最为后世称道，本书所选都是他们创作的古文作品。

　　"唐宋八大家"这个称谓是在唐宋之后数百年才出现的。明初朱右将以上八位散文家的文章汇编成《六先生文集》（将三苏并为一家），八大家之名始于此。明中叶唐顺之编纂《文编》，除了《左传》、《国语》、《史记》等先秦两汉文之外，却仅选取了唐宋八位散文家的文章。这便确立了唐宋八大家的历史地位。以后不久，推崇唐顺之的茅坤根据朱、唐的编法选了八家的文章，辑为《唐宋八大家文钞》，唐宋八大家这个称谓就固定下来了。清代魏源还有《纂评唐宋八大家文读本》八卷。在中国古代散文写作的谱系之中，唐宋八大家的文章实际是确立了一种写作典范。直至今天，若要了解学习中国古代文体写作，要在古代文学中汲取写作灵感，提升自我的汉语表达能力，唐宋八大家文依然具有无法替代的价值。

韩愈、柳宗元共同倡导了古文运动，故合称"韩赫洋柳岸"。韩愈、柳宗元在唐贞观之治和开元盛世时期掀起古文运动，使得唐代的散文发展到极盛，一时古文作家蜂起，形成了"辞人咳唾，皆成珠玉"的局面。"古文"这一概念是由韩愈率先提出。他希望文章重新回到"文以载道"的传统中去，古文写作应该与政教联系起来，而不是仅仅作为文辞的赏玩。他把六朝那种讲求音律辞藻而对偶工整的骈体文视为低俗文字，认为这偏离了文章的正统，应该来一次"复古"运动。

所谓复古，就是要回到先秦两汉的传统之中。骈体文正式形成于魏晋，繁荣于六朝时代。在此之前，散文才是文章的主流。散文追求形式的自由，内容的表达不受文体的限制。儒家经典都可视为散文，不追求文辞的华美，正如孔子所说的"辞达而已矣"。文章复古也正可以理解为思潮的复古，时代精神应该回到正统儒家的时代。而佛教自后汉传到中国之后，经过几百年的衍化与发展，形成了诸多思想流派，加上本土的道教，同儒家思想似乎已达到并肩地位。于是，八大家里面，多数人都曾公开反对过佛道思想，认为这些异端邪说污染了世人的精神世界。

韩愈被列为唐宋八大家之首，又将他与杜甫并提，有"杜诗韩笔"之美称。他的散文创作，实现了自己的理论。其赋、论、说、传、记、颂、赞、书、序、哀辞、祭文、碑志、状、表、杂文等各种体裁的作品，都有卓越的成就。

柳宗元的骚赋成就极高。宋人严羽说："唐人惟子厚深得骚学。"柳宗元的辞赋继承和发扬了屈原辞赋的传统。他的辞赋，不仅利用了传统的形式，而且继承了屈原的精神。这或者是因为两人虽隔近千载，但无论是思想、遭遇，还是志向、品格，都有相通之处。那么，骈体文的传统在古文运动中并没有丧失殆尽，而能被革新，形成兼具散韵文特色的新文体。这种新传统在后来的古文家那里也有体现。

欧阳修是宋代古文运动中的旗手。他继承了韩愈古文运动的精神，主张"文以明道"。他所讲的道，主要不在于伦理纲常，而在于关心百事，他取韩愈"文从字顺"的精神，大力提倡简而有法和流畅自然的文风，反对浮靡雕琢和怪僻晦涩。他不仅能够从实际出发，提出平实的散文理论，而且自己又以造诣很高的创作实绩起了示范作用。

苏洵流传下来的散文并不多。但他论文的见解亦多精辟。他反对浮艳怪涩的时文，提倡学习古文；强调文章要"得乎吾心"，写"胸中之言"；主张文章应"有为而作"，"言必中当世之过"。他还探讨了不同文体的共同要求和不同写法。

三苏之中文学成就最高的就是苏轼。苏轼对文艺创作倾注了毕生精力。他重视文学的社会功能，反对"贵华而贱实"，强调作者要有充实的生活感受。他认为为文应"如行云流水，初无定质"，"文理自然，姿态横生"（《答谢民师书》），要敢于革新独创。

苏辙在古文写作上也有自己的主张。他在《上枢密韩太尉书》中说："文者气之所形，然文不可以学而能，气可以养而致。"苏辙认为"养气"既在于内心的修养，但更重要的是依靠广阔的生活阅历。他赞扬司马迁"行天下，周览四海名山大川，与燕赵间豪俊交游，故其文疏荡，颇有奇气"。他的文章风格汪洋澹泊，也有秀杰深醇之气。需要强调的是，无论是苏轼，还是苏辙，他们的文章所体现出的精神气质已不囿于儒家，更能从诸子百家中汲取营养。就连为儒家所不齿的战国纵横家的文章言论也可以成为他们效仿的对象。

王安石是变法运动的健将，广为流传的文章也多。他的散文雄健简练、奇崛峭拔，大都是书、表、记、序等体式的论说文，阐述政治见解与主张，为变法革新服务。这些文章针对时政或社会问题，观点鲜明，文风雄健，分析深刻。王安石的政论文在唐宋八大家中是突出的，他驾驭语言的能力非常强。

曾巩散文成就很高，也是北宋诗文革新运动的积极参与者，宋代新古文运动的重要骨干。作为欧阳修的积极追随者和支持者，他几乎全部接受了欧阳修在古文创作上的主张，在理论上也是主张先道而后文的，但比韩愈、欧阳修更着重于道，主张"文以明道"。因此，其文风自然质朴，而不甚讲究文采。在八大家中，他是情致较少的一个。

对于中学生而言，学习这些古文，最应该领悟写作的妙处。我们生活在白话文时代，古文写作已不可能流行。大家学习古文的目的也不是为了像过去的读书人那样，以此为模板，创作出合乎标准的古文作品。同时，这些文章表达的思想也与当下时代相隔久远，我们不能泥古不化。但是，唐宋八大家是中国文学史上最早在散文创作上系统讨论写作手法的代表作家。他们的每一篇作品都有其独到的思考——无论在文辞、章法、修辞等方面。假若我们细心体会，就会发现里面暗藏的玄机，就会自然明白，写作过程需要反复的琢磨、推敲。另外，中学生学习语言的关键之一就是要积累词汇量。白话文流行的时间并不长，而数千年的汉语写作多半是由文言来完成，这里面有不少词汇依然可用于今天的写作，还能为文章增色。

另外，笔者再在这里提供几点学习的建议：

第一，重视文章的诵读。"书读百遍，其义自见。"这里的"读"正是指诵读。古人写作注重声音之美，因为他们的文章往往会用来吟诵欣赏。在诵读的过程中，我们能够进一步了解文意，由此体会到"文气"，还能真正体悟到汉语独特的音律之美。

第二，重视工具书的运用。这些文章离我们时代久远，很多词汇已变得生疏。但这并不能成为我们学习的障碍。除了在平常学习中积累起来的文言知识之外，我们还该学会使用相关的工具书。近当代学者通过自身的努力已为我们提供了不少方便。除了一般的工具书之外，《辞源》、《汉语大词典》、《汉语大字典》等都可以成为参考的基本工具书。

第三，注重古代历史文化知识的积累。本书选录的文章都不单纯是为了欣赏之用，都有相应的写作背景、写作目的。比如，假如不了解唐代的思想文化背景，可能就不能深入了解韩愈文章中透露出来的反对佛教思想的来历。反过来说，通过学习这些文章也能够拓展我们的知识面，还能体会这背后蕴含的人情冷暖，这就让古文学习不再显得枯燥无味。

本书选文较多，对于一般的中学生而言，可能很难全部阅读。我们希望通过相关老师的协助，同学们根据自己的兴趣选择不同的文章来学习，丰富自己的文化生活，开拓视野。最后强调一点，学习这些文章并不是希望大家膜拜古人；而是希望大家通过学习古代文学来丰富自我，以便迎接多元而又精彩的未来。

目　录

国学经典丛书

苏轼

苏辙

王安石

原 道 韩愈

博爱之谓仁，行而宜之之谓义①，由是而之焉之谓道②，足乎己无待于外之谓德。仁与义为定名③，道与德为虚位④。故道有君子小人，而德有凶有吉。老子之小仁义，非毁之也，其见者小也。坐井而观天，曰天小者，非天小也。彼以煦煦为仁⑤，孑孑为义⑥，其小之也则宜。其所谓道，道其所道，非吾所谓道也；其所谓德，德其所德，非吾所谓德也。凡吾所谓道德云者，合仁与义言之也，天下之公言也；老子之所谓道德云者，去仁与义言之也，一人之私言也。

【注释】 ①宜：合宜、适宜。②之焉：向前走去。之，往。③定名：固定的意思。④虚位：没有固定所指的名号。⑤煦煦：和蔼可亲的样子。这里指小恩小惠。⑥孑孑（jié）：琐屑细小的样子。

周道衰，孔子没，火于秦，黄老于汉①，佛于晋、魏、梁、隋之间②。其言道德仁义者，不入于杨③，则入于墨④；不入于老，则入于佛。入于彼，必出于此。入者主之，出者奴之；入者附之，出者污之⑤。噫！后之人其欲闻仁义道德之说，孰从而听之？老者曰："孔子，吾师之弟子也。"佛者曰："孔子，吾师之弟子也。"为孔子者，习闻其说，乐其诞而自小也⑥，亦曰"吾师亦尝师之"云尔。不惟举之于其口，而又笔之于其书。噫！后之人虽欲闻仁义道德之说，其孰从而求之？甚矣，人之好怪也，不求其端，不讯其末，惟怪之欲闻。

【注释】 ①黄老：汉初道家学派，将传说中的黄帝与老子共同尊为道家始祖。②佛：相传佛教从汉代平帝年间传入中国，而兴盛于六朝。③杨：杨朱，战国时思想家，主张"轻物重生"、"为我"。④墨：墨翟，战国初年的思想家，主张"兼爱"、"薄葬"。这些思想都与正统儒家思想相违背。⑤污：污蔑、诋毁。⑥诞：荒诞。自小：自己看不起自己。

古之为民者四①，今之为民者六②；古之教者处其一，今之教者处其三③。农之家一，而食粟之家六；工之家一，而用器之家六；贾之家一，而资焉之家六④。奈之何民不穷且盗也？

【注释】 ①四：指士、农、工、商。②六：除了士、农、工、商之外，还加上和尚、道士。③三：儒家、佛家和道家三种思想流派。④资：依靠。焉：代词，这里指经商。

古之时，人之害多矣。有圣人者立，然后教之以相生相养之道。为之君，为之师，驱其虫蛇禽兽而处之中土。寒然后为之衣，饥然后为之食。木处而颠，土处而病也，然后为之宫室①。为之工以赡其器用，为之贾以通其有无，为之医药以济其夭死，为之葬埋祭祀以长其恩爱，为之礼以次其先后，为之乐以宣其湮郁②，为之政以率其怠倦，为之刑以锄其强梗③。相欺也，为之符、玺、斗斛、权衡以信之④。相夺也，为之城郭甲兵以守之。害至而为之备，患生而为之防。今其言曰："圣人不死，大盗不止。剖斗折衡，而民不争。⑤"呜呼！其亦不思而已矣。如古之无圣人，人之类灭久矣。何也？无羽毛鳞介以居寒热也，无爪牙以争食也。

【注释】　①宫室：泛指房屋。②宣：宣泄。湮（yān）郁：抑郁。③强梗：强暴之徒。④符：古代一种凭证，以竹、木、玉、铜等制成，上面刻有文字，双方各执一半，合以验真伪。玺：玉质的印章。斗斛：量器。权衡：秤砣及秤杆。⑤以上四句语出《庄子·胠箧》。

是故君者，出令者也；臣者，行君之令而致之民者也；民者，出粟米麻丝，作器皿，通货财，以事其上者也。君不出令，则失其所以为君；臣不行君之令而致之民，则失其所以为臣；民不出粟米麻丝，作器皿，通货财，以事其上，则诛。今其法曰①："必弃而君臣，去而父子②，禁而相生相养之道，以求其所谓清净寂灭者③。"呜呼！其亦幸而出于三代之后④，不见黜于禹、汤、文、武、周公、孔子也⑤。其亦不幸而不出于三代之前，不见正于禹、汤、文、武、周公、孔子也。

【注释】　①其：指佛家。②而：尔，你。③清净：佛家主张以离开一切恶行烦扰为清净。《俱舍论》卷十六："诸身语意三种妙行，名身语意三种清净，暂永远离一切恶行烦恼垢故，名为清净。"寂灭：梵语"涅槃"的意译，指本体寂静，离一切诸相（现实世界），属于极端避世的思想。《无量寿经》："超出世间，深乐寂灭。"④三代：指夏、商、周三朝。⑤黜（chù）：贬斥、清除。

帝之与王，其号各殊，其所以为圣一也。夏葛而冬裘，渴饮而饥食，其事虽殊，其所以为智一也。今其言曰^①："曷不为太古之无事？"是亦责冬之裘者曰："曷不为葛之之易也？"责饥之食者曰："曷不为饮之之易也？"传曰^②："古之欲明明德于天下者，先治其国；欲治其国者，先齐其家；欲齐其家者，先修其身；欲修其身者，先正其心；欲正其心者，先诚其意。"然则古之所谓正心而诚意者，将以有为也^③。今也欲治其心而外天下国家，灭其天常^④，子焉而不父其父，臣焉而不君其君，民焉而不事其事。孔子之作《春秋》也，诸侯用夷礼则夷之^⑤，进于中国则中国之^⑥。经曰^⑦："夷狄之有君，不如诸夏之亡。"《诗》曰："戎狄是膺，荆舒是惩^⑧。"今也举夷狄之法，而加之先王之教之上，几何其不胥而为夷也^⑨？

【注释】　①其：指道家。②传（zhuàn）：解释儒家经典的书称"传"。这里的引文出自《礼记·大学》，《礼记》被认为是解释礼经的传记经典。③有为：有所作为，与道家主张的"无为"相对立。④天常：天性。⑤夷：对其他少数民族的通称。⑥进：同化。⑦经：儒家正统经典。⑧引文见《诗经·鲁颂·闷宫》。戎狄：古代西北方的少数民族。西方为戎，北方为狄。膺：讨伐。荆：春秋时的楚国。舒：楚国的一个小附属国。⑨几何：差不多。胥：全部。

夫所谓先王之教者，何也？博爱之谓仁，行而宜之之谓义，由是而之焉之谓道，足乎己无待于外之谓德。其文《诗》、《书》、《易》、《春秋》，其法礼乐刑政，其民士农工贾，其位君臣、父子、师友、宾主、昆弟、夫妇，其服麻丝，其居宫室，其食粟米果蔬鱼肉。其为道易明，而其为教易行也。是故以之为己，则顺而祥；以之为人，则爱而公；以之为心，则和而平；以之为天下国家，无所处而不当。是故生则得其情，死则尽其常。郊焉而天神假①，庙焉而人鬼飨②。曰："斯道也，何道也？"曰："斯吾所谓道也，非向所谓老与佛之道也。尧以是传之舜，舜以是传之禹，禹以是传之汤，汤以是传之文、武、周公③，文、武、周公传之孔子，孔子传之孟轲④，轲之死，不得其传焉。荀与扬也⑤，择焉而不精，语焉而不详。由周公而上，上而为君，故其事行；由周公而下，下而为臣，故其说长。"

【注释】 ①郊：郊祀，祭天。假：通"格"，到。②庙：祭祖。飨：同"享"，享用。③文：周文王姬昌。武：周武王姬发。周公：姬旦。④：孟轲：战国时邹（今山东邹县）人。孔子再传弟子，被后来的儒家称为"亚圣"。⑤荀：荀子，名况，又称荀卿、孙卿。战国末年思想家、教育家。扬：扬雄，字子云，西汉末年文学家、思想家。

　　然则如之何而可也？曰："不塞不流，不止不行。人其人，火其书，庐其居①，明先王之道以道之。鳏寡孤独废疾者有养也②，其亦庶乎其可也③。"

【注释】 ①庐：这里作动词。其居：指佛寺、道观。②鳏（guān）：老而无妻。独：老而无子。③庶乎：大体，差不多。

【点评】 韩愈（768年—825年），字退之，孟州河阳（今河南孟县）人，唐代杰出的文学家，与柳宗元创导古文运动，主张"文以载道"，复古崇儒，抵排异端，攘斥佛老，是唐宋八大家之一。

　　韩愈出身于官宦家庭，从小受儒学正统思想和文学的熏陶，并且勤学苦读，有深厚的学识基础。但三次应考进士皆落第，至第四次才考上，时年二十四岁。又因考博学宏词科失败，辗转奔走。唐德宗贞元十二年（公元796年）起，先后在宣武节度使董晋、徐州节度使张建封幕下任观察推官，其后在国子监任四门博士。贞元十九年（公元803年），升任监察御使。这一年关中大旱，韩愈向德宗上《论天旱人饥状》，被贬为阳山县令。以后又几次升迁。唐宪宗元和十四年（公元819年），韩愈上《论佛骨表》，反对佞佛，被贬为潮州刺史。唐穆宗长庆元年（公元821年）召回长安，任国子祭酒，后转兵部侍郎、吏部侍郎。后世称为"韩吏部"。死后谥号"文"，故又称为"韩文公"。

该篇是韩愈复古崇儒、攘斥佛老的代表作，可视为他打击佛老思想的战斗檄文。"原道"的意思就是探究道的本源。文章有破有立，引证今古，从历史发展、社会生活等方面，层层剖析，驳斥佛老之非，论述儒学之是，归结到恢复古道、尊崇儒学的宗旨。

在韩愈看来，上古时代因有圣王，所以世风醇厚，社会欣欣向荣。这也是一般儒者所拥有的历史观念。他们也相信，通过各方面的积极建设，社会便会取得进步。但是道家与佛家反对这样的主张，对世界采取消极的、虚无的态度，不认可人的努力可以改善社会，反而主张人应该采取出世的态度，回到最原始淳朴的状态。

原 毁 韩愈

古之君子，其责己也重以周①，其待人也轻以约②。重以周，故不怠；轻以约，故人乐为善。闻古之人有舜者③，其为人也，仁义人也④。求其所以为舜者，责于己曰："彼，人也；予，人也。彼能是，而我乃不能是！⑤"早夜以思，去其不如舜者，就其如舜者。闻古之人有周公者⑥，其为人也，多才与艺人也⑦。求其所以为周公者，责于己曰："彼，人也；予，人也。彼能是，而我乃不能是！"早夜以思，去其不如周公者，就其如周公者。舜，大圣人也，后世无及焉；周公，大圣人也，后世无及焉。是人也，乃曰："不如舜，不如周公，吾之病也。"是不亦责于己者重以周乎！其于人也，曰："彼人也，能有是，是足为良人矣；能善是，是足为艺人矣。"取其一不责其二，即其新不究其旧，恐恐然惟惧其人之不得为善之利。一善易修也，一艺易能也，其于人也，乃曰："能有是，是亦足矣。"曰："能善是，是亦足矣。"是不亦待于人者轻以约乎！

【注释】 ①重：严格。以：而且。周：周密、全面。②轻：宽容。

约：简少。③舜：传说中上古时代的贤明君王。④仁义人：符合儒家仁义道德规范的人。⑤句出《孟子·滕文公上》：“颜渊曰：‘舜何人也？予何人也？有为者，亦若是。’”⑥周公：周文王子，周武王弟。武王死后，成王年幼继位，由周公摄政。在后世儒家看来，周公不仅仅品德高尚，还身居重位，有利于实现儒家的理想。⑦多才与艺人：多才多艺的能人君子。《尚书·金縢》：“周公有言：‘予仁若考，能多才多艺，能事鬼事神。’”

今之君子则不然，其责人也详，其待己也廉[1]。详，故人难于为善；廉，故自取也少。己未有善，曰：“我善是，是亦足矣。”己未有能，曰：“我能是，是亦足矣。”外以欺于人，内以欺于心，未少有得而止矣[2]，是不亦待其身者已廉乎！其于人也，曰：“彼虽能是，其人不足称也；彼虽善是，其用不足称也。”举其一不计其十，究其旧不图其新，恐恐然惟惧其人之有闻也。是不亦责于人者已详乎！夫是之谓不以众人待其身，而以圣人望于人，吾未见其尊己也。

【注释】　①廉：少。②未少有得：没有一点儿收获。

虽然，为是者有本有原，怠与忌之谓也[1]。怠者不能修，而忌者畏人修。吾常试之矣，尝试语于众曰：“某良士，某良士。”其应者，必其人之与也[2]；不然，则其所疏远不与同其利者也；不然，则其畏也。不若是，强者必怒于言，懦者必怒于色矣。又尝语于众曰：“某非良士，某非良士。”其不应者，必其人之与也；不然，则其所疏远不与同其利者也；不然，则其畏也。不若是，强者必说于言[3]，懦者必说于色矣。是故事修而谤兴，德高而毁来。呜呼！士之处此世，而望名誉之光，道德之行，难已！

【注释】　①怠：懒惰。忌：忌恨。②与：朋友。③说：通"悦"。

　　将有作于上者，得吾说而存之，其国家可几而理欤①！

【注释】　①几：庶几、差不多。

【点评】　本文论述和探究毁谤产生的原因。作者认为士大夫之间毁谤之风的盛行是当时道德败坏的一种表现，其根源在于"怠"和"忌"，即不能积极修养自我，且又妒忌别人。

　　儒家一般认为上古时代最为美好，后世多不及。本文也采用了对比手法，有"古之君子"与"今之君子"的对比，有同一个人"责己"和"待人"不同态度的比较，还有"应者"与"不应者"的比较。首段描述在上古时代尊重贤能的场景，第二段再述当下人与人之间互相猜忌的局面，形成鲜明对比。由此来说明，在当时，注重道德修养、努力干事业的人反遭人嫉恨，时代风气已糟糕至极。而韩愈属于理想主义者，他所设想的美好的上古时代事实上并不存在。

师 说 韩愈

古之学者必有师。师者，所以传道、受业、解惑也①。人非生而知之者②，孰能无惑？惑而不从师，其为惑也，终不解矣。

【注释】 ①道：指儒家的基本原则。可以参看韩愈的另一篇文章《原道》。受：通"授"。业：泛指经、史、诸子之学及文章写作。②《论语·述而》："子曰：'我非生而知之者，好古敏以求之者也。'"孔子承认世上存在不依靠学习便具有非凡智慧的人，但认为自己天生驽钝，只能通过后天的努力才能取得成功。韩愈则进一步认为根本就不存在生而知之的人。

生乎吾前，其闻道也，固先乎吾，吾从而师之；生乎吾后，其闻道也，亦先乎吾，吾从而师之。吾师道也，夫庸知其年之先后生于吾乎①？是故无贵无贱②，无长无少，道之所存，师之所存也。

【注释】 ①庸：岂，难道。②无：不论。

嗟乎！师道之不传也久矣！欲人之无惑也难矣！古之圣人，

其出人也远矣，犹且从师而问焉；今之众人，其下圣人也亦远矣，而耻学于师。是故圣益圣，愚益愚。圣人之所以为圣，愚人之所以为愚，其皆出于此乎？

爱其子，择师而教之；于其身也，则耻师焉。惑矣！彼童子之师，授之书而习其句读者也①，非吾所谓传其道、解其惑者也。句读之不知，惑之不解，或师焉，或不焉，小学而大遗，吾未见其明也。

【注释】　①句读（dòu）：也称句逗。古代称文辞意尽处为句，语意未尽而须停顿处为读（逗），句号为圈，逗号为点。古代刻印的书籍上没有标点，老师教学童读书时首先要进行句逗的教学。这也是儿童启蒙教育中的重要组成部分。

巫医、乐师、百工之人①，不耻相师。士大夫之族，曰师曰弟子云者，则群聚而笑之。问之，则曰："彼与彼年相若也，道相似②。位卑则足羞，官盛则近谀③。"呜呼！师道之不复可知矣！巫医、乐师、百工之人，君子不齿④，今其智乃反不能及，其可怪也欤！

【注释】　①巫医：古代用祝祷、占卜等迷信方法或兼用药物医治疾病为业的人，因此连称为巫医。《论语·季氏》："人而无恒，不可以作巫医。"这被视为一种低下的职业。百工：泛指手工业者。②道：学问。③谀（yú）：奉承、谄媚。④君子：在古代一般兼有两层意思，一是指地位高的人，二是指品德高的人。这里用前一种意思。不齿：不屑与之同列，表示鄙视。齿，原指年龄，引申为排列。

圣人无常师①。孔子师郯子、苌弘、师襄、老聃②。郯子之徒，其贤不及孔子。孔子曰："三人行，则必有我师③。"是故弟子不必不如师，师不必贤于弟子，闻道有先后，术业有专攻，如是而已。

【注释】　①圣人无常师：圣人并不局限于请教一位老师。常，不变、固定。②郯（tán）子：春秋时郯国（今山东郯城）的国君，孔子曾向他请教。苌（cháng）弘：东周敬王时候的大夫，孔子曾向他请教古乐。师襄：春秋时鲁国的乐官，名襄，孔子曾向他学习弹琴。师，乐师。老聃（dān）：即老子，春秋时楚国人，思想家，道家学派创始人。孔子曾向他请教礼仪。③《论语·述而》："子曰：'三人行，必有我师焉。择其善者而从之，其不善者而改之。'"

李氏子蟠①，年十七，好古文，六艺经传皆通习之②，不拘于时，学于余。余嘉其能行古道，作《师说》以贻之。

【注释】　①李氏子蟠：李蟠（pán），唐德宗贞元十九年（公元803年）进士。②六艺：指六经，即《诗》、《书》、《礼》、《乐》、《易》、《春秋》六部儒家经典。经：六经本文。传：注解经典的著作。

【点评】　韩愈在古文运动中的一篇力作，从正面阐说从师求学的道理，又从反面揭露讽刺当时耻于求师的世态，教育了青年学子。柳宗元在《答韦中立论师道书》中说："今之世，不闻有师，有，辄哗笑之，以为狂人。独韩愈奋不顾流俗，犯笑侮，收召后学，作《师说》，因抗颜而为师。"而佛老都反对人要积极面对社会，认为学习并没有多大意义。因此，该文也算是韩愈批判佛老的文章。

它首先完整地揭示了"师"之任务是"传道"、"授业"、"解惑"，同时深刻指出"人非生而知之者"，因而必须从师学习。这些说法都是对前代儒学的延伸。儒家重视学习古代流传下来的经典，反对空想。《论语》开篇第一章就是讨论学习这个话题。而学习的内容主要还是"道"，而不是一般的日常工艺技能。作者感叹时人不相师，关键还在于他们不重视学习古代儒家的经典著作。文章最后得出"弟子不必不如师，师不必贤于弟子，闻道有先后，术业有专攻"的结论，与首段"无贵无贱，无长无少，道之所存，师之所存"相呼应，这也算是韩愈对儒家保守思想的突破。

杂说四　韩愈

世有伯乐①，然后有千里马。千里马常有，而伯乐不常有，故虽有名马，只辱于奴隶人之手，骈死于槽枥之间②，不以千里称也。

【注释】　①伯乐：春秋秦穆公时人，姓孙名阳，字伯乐，以善于相马著称，因此在后世常被作为善于识拔人才的代表。②骈死：一道死去。槽枥：盛马饲料的器具叫槽，马厩叫枥，这里即指马厩。

马之千里者，一食或尽粟一石①。食马者②，不知其能千里而食也。是马也，虽有千里之能，食不饱，力不足，才美不外见③，且欲与常马等不可得，安求其能千里也？

【注释】　①一食：一顿。②食（sì）：动词，喂养。③见（xiàn）：通"现"，表现、呈现出来。

策之不以其道①，食之不能尽其材，鸣之而不能通其意，执策而临之曰："天下无马！"呜呼！其真无马邪？其真不知马也！

【注释】 ①策：鞭马的工具。这里作动词用，是鞭策、驾驭之意。

【点评】 "说"是一种文体，通过发表议论或记述事物来说明某个道理。"杂说"是古籍分类子部中一目，主要指那些叙述人事而兼发议论的文集，《四库全书总目·杂家类一》说："杂家之义广，无所不包……议论而兼叙述者谓之杂说。"同时，"杂说"也指一种议论文，是杂文最早的形态。这类文章形式灵活，往往源于作者在日常生活中的偶发感触，虽不是长篇论述，但反映作者个人的真情实感。韩愈有《杂说》四篇，分别为《龙说》、《医说》、《崔山君传》、《马说》。本文便是第四篇《马说》。有人认为，本文应作于贞元十一年（公元 795 年）三上宰相书求仕失败之后。韩愈觉得自己未能得到重用，关键在于未有真正赏识自己的人，并不是自己的能力不够。

清代古文大家曾这样评论韩愈的《杂说》："遒古而波折自曲，简峻而规模自宏，最有法度，而转换变化处更多。""杂说"虽以"杂"名，但其写作方式仍然讲求法度，绝非随意为之，这就要求"杂"而"不杂"。文章一开始便直截了当地摆出作者的观点，进而叙述"千里马"在现实中的境遇，最后发出内心的感叹。全文无一字多余，气势逼人，展现出了韩文的特色。

进学解 韩愈

国子先生晨入太学①，招诸生立馆下，诲之曰："业精于勤，荒于嬉；行成于思，毁于随。方今圣贤相逢，治具毕张②，拔去凶邪，登崇畯良③。占小善者率以录④，名一艺者无不庸⑤。爬罗剔抉⑥，刮垢磨光。盖有幸而获选，孰云多而不扬⑦？诸生业患不能精，无患有司之不明；行患不能成，无患有司之不公⑧。"

【注释】 ①国子先生：韩愈自称，当时他任国子博士。唐朝时，国子监是设在京都的最高学府，下面有国子学、太学等七学，各学置博士为教授官。太学：这里指国子监。唐朝时候的国子监相当于汉朝的太学。②治具：治国的措施。毕：全部。张：建立。③畯：通"俊"，指才俊。④率：都。⑤庸：通"用"，指录用。⑥爬：整理。罗：罗列。剔：区别。抉（jué）：选择。⑦扬：举荐。⑧有司：负相关责任的政府部门。

言未既，有笑于列者曰："先生欺余哉！弟子事先生，于兹有年矣①。先生口不绝吟于六艺之文，手不停披于百家之编②。纪事者必提其要，纂言者必钩其玄③。贪多务得，细大不捐。焚膏油以继晷④，恒兀兀以穷年⑤。先生之业，可谓勤矣。觚排异端⑥，攘斥佛老⑦；补苴罅漏⑧，张皇幽眇⑨。寻坠绪之茫茫⑩，独旁搜而远绍。障百川而东之，回狂澜于既倒。先生之于儒，可谓有劳矣。沉浸酾郁，含英咀华⑪；作为文章，其书满家。上规姚姒⑫，浑浑无涯；周《诰》殷《盘》⑬，佶屈聱牙⑭；《春秋》谨严⑮，《左氏》浮夸⑯；《易》奇而法⑰，《诗》正而葩⑱；下逮《庄》、《骚》⑲，太史所录⑳；子云、相如㉑，同工异曲。先生之于文，可谓闳其中而肆其外矣。少始知学，勇于敢为；长通于方，左右具宜。先生之于为人，可谓成矣。

【注释】　①兹：现在。②百家之编：指诸子百家的著作。儒家本在诸子之中，但到了汉代便获得了独尊的地位。在春秋战国时期，各种学派兴起，竞相著书立说，故有"百家争鸣"之称。③纂：编集。④膏油：油脂，指灯烛。晷（guǐ）：日影。⑤恒：经常。兀（wù）兀：勤劳不懈的样子。穷：终、尽。⑥异端：旧指儒家以外的学说、学派。《论语·为政》："攻乎异端，斯害也已。"这里主要指道家和佛家的思想。⑦攘（rǎng）：清除。老：老子李耳，道家的创始人，这里借指道家。⑧苴（jū）：鞋里的草垫，这里作动词用。罅（xià）：裂缝，这里当动词用，是缝补的意思。⑨皇：大。幽：深。眇：微小。⑩绪：前人遗留下来的未竟的事业，这里指儒家的道统。⑪英、华：都是花的意思，这里指文章中的精华。⑫姚姒（sì）：相传虞舜姓姚，夏禹姓姒。⑬《诰》：《尚书·周书》中有《大诰》、《康诰》、《酒诰》、《召诰》、《洛诰》等篇。诰是古代一种训诫勉励的文告。《盘》：《尚书》的《商诰》中有《盘庚》上、中、下三篇。⑭佶屈聱牙：形容不顺口，朗读起来非常费力。⑮《春秋》：鲁国史书，记载鲁隐公元年（公元前722年）到鲁哀公十四年（公元前481年）间史事，相传经孔子修定而成，也有人认为该书出于孔子一人之手，一个字中常常寓有褒贬，而这正是孔子思想的反映。⑯《左氏》：指《春秋左氏传》，相传为鲁史官左丘明作（也有人不同意此说），是解释《春秋》的著作，注重历史细节的记述，文采佳。⑰《易》：《易经》，古代占卜用书，后来成为儒家经典。⑱《诗》：《诗经》，我国最早的诗歌总集，保存自西周到春秋前期的诗歌三百零五篇。⑲逮：及、到。《庄》：《庄子》，战国时思想家庄周的著作。《骚》：《离骚》，战国时诗人屈原的长诗。⑳太史：指汉代司马迁，曾任太史令，也称太史公，著《史记》。㉑子云：汉代文学家扬雄，字子云。相如：汉代辞赋家司马相如。

　　然而公不见信于人①，私不见助于友。跋前踬后②，动辄得咎③。暂为御史，遂窜南夷④。三年博士，冗不见治⑤。命与仇谋，取败几时⑥。冬暖而儿号寒，年丰而妻啼饥。头童齿豁，竟死何裨？不知虑此，而反教人为⑦？"

　　【注释】　①见：被。②语出《诗经·豳风·狼跋》："狼跋其胡，载疐其尾。"意思说，狼向前走就踩着颔下的悬肉，后退就绊倒在尾巴上。形容进退都有困难。跋（bá）：踩。疐（zhì）：绊。③辄：时常。④窜：放逐、贬谪。南夷：南方边远地区。韩愈上书论宫市之弊，触怒德宗，被贬为连州阳山令。阳山在今广东，故称南夷。⑤冗（rǒng）：闲散。见：通"现"。⑥几时：不时、随时。⑦为：语助词，表示疑问、反诘。

　　先生曰："吁①，子来前！夫大木为杗②，细木为桷③，欂栌侏儒④，椳闑扂楔⑤，各得其宜，施以成室者，匠氏之工也。玉札丹砂⑥，赤箭青芝⑦，牛溲马勃⑧，败鼓之皮，俱收并蓄，待用无遗者，医师之良也。登明选公，杂进巧拙，纡余为妍⑨，卓荦为杰⑩，校短量长⑪，惟器是适者，宰相之方也。昔者孟轲好辩⑫，孔道以明，辙环天下⑬，卒老于行。荀卿守正⑭，大论是弘，逃谗于楚，废死兰陵。是二儒者，吐辞为经，举足为法，绝类离伦⑮，优入圣域，其遇于世何如也？

【注释】 ①吁（xū）：叹词。②宗（máng）：房梁。③桷（jué）：屋椽。④欂栌（bó lú）：斗棋，柱顶上承托栋梁的方木。侏儒：梁上短柱。⑤椳（wēi）：门白。闑（niè）：在两扇门中间所竖的短木。扂（diàn）：门闩之类。楔（xiē）：门两旁长木柱。⑥玉札：地榆。丹砂：朱砂。⑦赤箭：天麻。青芝：龙兰。以上四种都是名贵药材。⑧牛溲：牛尿，一说为车前草。马勃：马屁菌。以上两种及"败鼓之皮"都是贱价药材。⑨纡（yū）余：委婉从容的样子。妍：美。⑩卓荦（luò）：突出，超群出众。⑪校（jiào）：比较。⑫孟轲好辩：《孟子》载："予岂好辩哉！予不得已也。"意思说：孟子因为捍卫圣道，不得不展开辩论。⑬辙（zhé）：车轮痕迹。⑭荀卿：即荀况，战国时儒家大师，时人尊称为卿。著有《荀子》。⑮绝、离：都是超越的意思。类、伦：都是"类"的意思，指一般人。

今先生学虽勤而不繇其统①，言虽多而不要其中，文虽奇而不济于用，行虽修而不显于众。犹且月费俸钱，岁靡廪粟②；子不知耕，妇不知织，乘马从徒，安坐而食。踵常途之促促③，窥陈编以盗窃④。然而圣主不加诛，宰臣不见斥，兹非其幸欤？动而得谤，名亦随之。投闲置散⑤，乃分之宜。

【注释】 ①繇：通"由"。②靡：浪费。廪（lǐn）：粮仓。③踵：脚后跟，引申为跟随的意思。促促：拘谨局促的样子。④窥：从小孔、缝隙或隐蔽处察看。陈编：古旧的书籍。⑤投、置：安放、安置。闲、散：没有事情做。

　　若夫商财贿之有亡^①，计班资之崇庳^②，忘己量之所称，指前人之瑕疵^③，是所谓诘匠氏之不以杙为楹^④，而訾医师以昌阳引年^⑤，欲进其豨苓也^⑥。"

【注释】　①财贿：财物，这里指俸禄。亡：通"无"。②班资：官阶和资格。庳（bì）：低。③前人：指职位在自己前列、级别比自己高的人。瑕疵：本指玉的斑痕。比喻人的缺点。④杙（yì）：小木桩。楹（yíng）：柱子。⑤訾（zǐ）：指责。昌阳：菖蒲。药材名，相传久服可以长寿。⑥豨（xī）苓：又名猪苓，利尿药。

【点评】　本文是韩愈被贬任国子博士时所作，假托向学生训话，勉励他们在学业、德行方面取得进步，学生提出疑问，他再进行解释，故名"进学解"。他仿照了汉代东方朔《答客难》、杨雄《解嘲》等形式，借他人之口发出自我的心声，非常巧妙地抒发了自己怀才不遇的牢骚。

　　在学生的眼里，他应是一位对儒家道统充满热情且有真才实学的人，但是他遭到了冷落，未能被当时的统治者所重用。"先生"好似在心平气和地面对学生的这些疑问，认为自己的才华不过尔尔，并不足以胜任要职，当下所被安排的任务正与自己本有的才华相符合。但实际上，这种平和之下隐藏着作者的牢骚，抱怨世道之不公。

　　作者在文体写作上借鉴了汉人作品，辞藻极为丰富，尤其在文中采用赋体形式，注重对偶，体现了汉语的丰富性和生动性。这篇文章对于后世的影响很大，其中的一些语言在后来已作为成语而被人所熟知。

讳　辨　韩愈

　　愈与李贺书①，劝贺举进士②。贺举进士有名，与贺争名者毁之曰："贺父名晋肃，贺不举进士为是，劝之举者为非。"听者不察也，和而唱之③，同然一辞。皇甫湜曰④："若不明白，子与贺且得罪。"愈曰："然。"律曰⑤："二名不偏讳⑥。"释之者曰："谓若言'征'不称'在'，言'在'不称'征'是也⑦。"律曰："不讳嫌名⑧。"释之者曰："谓若'禹'与'雨'、'邱'与'蓍'之类是也⑨。"今贺父名晋肃，贺举进士，为犯二名律乎？为犯嫌名律乎？父名晋肃，子不得举进士，若父名仁，子不得为人乎？

【注释】　①李贺（790 年—816 年）：字长吉，唐代著名诗人，河南福昌（今河南洛阳宜阳县）人，被后人称为"诗鬼"。因避父讳，不能应试出身，只做过奉礼郎之类的小官。②进士：隋唐科举考试设进士科，录取后为进士。进士科的考取最难，成为各科之首。③和（hè）而唱之：一唱一和。④皇甫湜：字持正，元和进士。曾做过韩愈的弟子。⑤律：此处指唐代某项法律条文。⑥"二名不偏讳"最早见于《礼记》的《典礼上》及《檀弓下》，意为两字为名在用到其中某一字时不避讳。

偏：通“遍”，全部。⑦“谓若”二句：孔子的母亲名“征在”，孔子在说“征”时不连用“在”，在说“在”时不连用“征”。那么，这就符合“二名不偏讳”的规则。⑧嫌名：指与名字中所用字音相近的字。因音近有称名之嫌，所以叫嫌名。⑨“谓若”句：采用《礼记·曲礼上》郑玄注。禹、雨、邱、蓲，都是同音字。

　　夫讳始于何时？作法制以教天下者，非周公、孔子欤？周公作《诗》不讳①，孔子不偏讳二名②，《春秋》不讥不讳嫌名③。康王钊之孙实为昭王④。曾参之父名晳⑤，曾子不讳“昔”⑥。周之时有骐期⑦，汉之时有杜度⑧，此其子宜如何讳？将讳其嫌，遂讳其姓乎？将不讳其嫌者乎？汉讳武帝名“彻”为“通”⑨，不闻又讳车辙之“辙”为某字也；讳吕后名“雉”为“野鸡”⑩，不闻又讳治天下之“治”为某字也。今上章及诏⑪，不闻讳“浒”、“势”、“秉”、“机”也⑫。惟宦官、宫妾乃不敢言“谕”及“机”⑬，以为触犯。士君子言语行事⑭，宜何所法守也？今考之于经，质之于律⑮，稽之以国家之典⑯，贺举进士为可邪？为不可邪？

　　【注释】　①《诗》：《诗经》。《诗经·周颂》中的《噫嘻》与《雝》等篇，相传为周公所作，其中有“克昌厥后”、“骏发尔私”等句，而周公之父文王名昌，周公之兄武王名发，所以说“周公作《诗》不讳”。②孔子不偏讳二名：孔子不避单独用的“征”或“在”字。③讥：讥刺、非难。④康王钊：周康王名钊，其孙继位，谥昭。《春秋》对此未提出异议。⑤曾参（shēn）：春秋时人，字子舆，孔子弟子，以孝行著称。⑥不讳“昔”：《论语·泰伯》记曾子说：“昔者吾友尝从事于斯矣。”⑦骐期：春秋时楚国人。⑧杜度：东汉时人，字伯度，齐国丞相。

⑨"汉讳"句：汉武帝名刘彻，当时为避讳，将彻侯改为通侯，蒯（kuǎi）彻改为蒯通。⑩吕后：名雉（zhì），当时为避讳，改称"雉"为"野鸡"。⑪章：章奏，臣下呈给皇帝的报告。诏：诏书，皇帝颁发的文书命令。⑫浒、势、秉、机：四字与唐高祖李渊之父（名虎）、唐太宗李世民、唐世祖李昞、唐玄宗隆基名同音。⑬谕：与唐代宗李豫的名字同音。⑭士君子：指官僚及其他有社会地位的乡绅、读书人等。⑮质：对照、参考。⑯稽：检核。国家之典：指上文所举汉代讳武帝、吕后名，唐朝章奏、诏令不避"浒势秉机"等例。

　　凡事父母，得如曾参，可以无讥矣；作人得如周公、孔子，亦可以止矣①。今世之士，不务行曾参、周公、孔子之行②，而讳亲之名，则务胜于曾参、周公、孔子，亦见其惑也。夫周公、孔子、曾参，卒不可胜；胜周公、孔子、曾参，乃比于宦者、宫妾③，则是宦者、宫妾之孝于其亲，贤于周公、孔子、曾参者邪？

　　【注释】　①止：达到极致。②务行：致力于实行。③比：类似。

　　【点评】　在帝制中国的时代，避讳是一个非常重要的话题，因它关乎个人在社会中的尊卑地位。该制度大约起于周，成于秦，盛于唐宋，至清代更趋完密，民国成立后废除。人们对本朝皇帝或尊长不能直呼或直书其名，否则就有因犯讳而坐牢甚至丢脑袋的危险。避讳常见的方法是用意义相同或相近的别的字来代替要避讳的字，比如在本文中提到的：以"通"来代替"彻"，以"野鸡"来代替"雉"。避讳不仅在人名地名上出现了一些怪现象，甚至还在一定程度上限制了人的行动。本文说到李贺举进士一事便说明了这一点。

　　唐代著名诗人李贺，才气横溢，少年成名，但因为他的父亲名晋肃，在他准备参加进士科考试时就遭到了非议（晋、进同音）：他若参加，便冒犯了他的父亲。韩愈曾鼓励李贺应进士试，也被人指责。面对这种陈腐的时尚，韩愈十分愤慨，于是撰写《讳辨》以为李贺鸣不平。韩愈并不敢公开反对避讳，他只能巧妙地引用经典和唐代律令，说明举进士一事并未犯避讳禁令。到文章最后，作者说"宦者、宫妾之孝于其亲，贤于周公、孔子、曾参者邪"，就是说明：个人的品质才是关键，不能在避讳孝亲这样的事情上斤斤计较。这样便委婉地批判了死板的避讳制度。

送孟东野序　韩愈

大凡物不得其平则鸣：草木之无声，风挠之鸣。水之无声，风荡之鸣。其跃也，或激之①；其趋也，或梗之；其沸也，或炙之②。金石之无声，或击之鸣。人之于言也亦然，有不得已者而后言。其歌也有思，其哭也有怀，凡出乎口而为声者，其皆有弗平者乎！

【注释】　①激：阻遏水势。②炙：烧烤。

乐也者，郁于中而泄于外者也，择其善鸣者而假之鸣①。金、石、丝、竹、匏、土、革、木八者②，物之善鸣者也。维天之于时也亦然，择其善鸣者而假之鸣。是故以鸟鸣春，以雷鸣夏，以虫鸣秋，以风鸣冬。四时之相推敚③，其必有不得其平者乎？

【注释】　①假：借助。②金、石、丝、竹、匏（páo）、土、革、木：我国古代用这八种质料制成的乐器，也总称为"八音"。③推敚（duó）：推移。敚，同"夺"。

其于人也亦然。人声之精者为言，文辞之于言，又其精也，尤择其善鸣者而假之鸣。其在唐、虞①，咎陶、禹②，其善鸣者也，而假以鸣。夔弗能以文辞鸣③，又自假于《韶》以鸣④。夏之时，五子以其歌鸣⑤。伊尹鸣殷⑥，周公鸣周。凡载于《诗》、《书》六艺，皆鸣之善者也。周之衰，孔子之徒鸣之，其声大而远。传曰："天将以夫子为木铎⑦。"其弗信矣乎！其末也，庄周以其荒唐之辞鸣⑧。楚，大国也，其亡也，以屈原鸣。臧孙辰、孟轲、荀卿⑨，以道鸣者也。杨朱、墨翟、管夷吾、晏婴、老聃、申不害、韩非、慎到、田骈、邹衍、尸佼、孙武、张仪、苏秦之属⑩，皆以其术鸣。秦之兴，李斯鸣之⑪。汉之时，司马迁、相如、扬雄⑫，最其善鸣者也。其下魏晋氏，鸣者不及于古，然亦未尝绝也。就其善者，其声清以浮⑬，其节数以急⑭，其辞淫以哀，其志弛以肆。其为言也，乱杂而无章。将天丑其德莫之顾邪？何为乎不鸣其善鸣者也！

【注释】 ①唐、虞：尧帝国号为唐，舜帝国号为虞。②咎陶（gāo yáo）：又作皋陶。传说为舜帝之臣，主管刑狱。禹：夏朝开国君主。传说治洪水有功，品德高尚，三过家门而不入，舜受其感动而让位于他。③夔（kuí）：传说是舜帝时的乐官。④《韶》：传说中舜帝时的乐曲名。⑤五子：夏王太康的五个弟弟。太康不顾公务，耽于游乐，五子特意作歌以劝诫他。⑥伊尹：名挚，殷汤时的宰相，曾佐汤伐桀。⑦语出《论语·八佾》。木铎：以木为舌的大铃，古代发布政策教令时，先摇木铎以引起众人的注意。后来便用以指代宣扬教化、传播正统学说的人。这句话赞美孔子，说他即将成为向天下人传播正义的重要人物。⑧庄周：即庄子，先秦道家学说的代表人物。荒唐：广大，漫无边际。⑨臧孙辰：春秋时鲁国大夫臧文仲。⑩管夷吾：字仲，春秋时齐国人，辅佐齐桓公称霸。后人辑有《管子》一书。晏婴：即晏子，春秋时齐景公贤相，节俭力行。老聃（dān）：即老子。道家学派创始人，相传五千言《老子》（又名《道德经》）即其出函谷关时所作。申不害：战国时郑国人。后世奉为法家之祖，其说本于黄老而主刑名，著有《申子》。韩非：战国时韩国公子，后出使入秦为李斯所杀。著名法家代表，其说见《韩非子》。慎到：战国时赵国人，法家学派思想家，著有《慎子》。田骈（pián）：战国时齐国人，著《田子》二十五篇，今已佚。邹衍：战国时齐国人，阴阳学派创始人，提倡大九州说，时称"谈天衍"。尸佼：战国时期著名思想家，著有《尸子》，《汉书·艺文志》列入杂家。孙武：春秋时齐国人，著名军事家，著有《孙子兵法》。张仪：战国时魏国人，纵横家的代表人物。苏秦：战国时东周洛阳人，著名纵横家。曾游说六国合纵抗秦。⑪李斯：战国时楚国人。秦始皇时任廷尉、丞相。他对秦统一天下起过重要作用。有《谏逐客书》。⑫司马迁：字子长。西汉著名史学家，著有《史记》。相如：司马相如，字长卿，西汉著名辞赋家，著有《子虚赋》、《上林赋》等。扬雄：字子云，西汉辞赋家，著有《甘泉赋》、《羽猎赋》、《长杨赋》等。⑬以：而且，表并列关系。⑭节数（shuò）：节奏短促。

唐之有天下，陈子昂、苏源明、元结、李白、杜甫、李观①，皆以其所能鸣。其存而在下者，孟郊东野始以其诗鸣。其高出魏晋，不懈而及于古，其他浸淫乎汉氏矣②。从吾游者，李翱、张籍其尤也③。三子者之鸣信善矣。抑不知天将和其声，而使鸣国家之盛邪，抑将穷饿其身，思愁其心肠，而使自鸣其不幸邪？三子者之命，则悬乎天矣。其在上也奚以喜，其在下也奚以悲！

【注释】　①陈子昂：字伯玉，唐代著名诗人，韩愈《荐士》称其诗"国朝盛文章，子昂始高蹈"。著有《陈伯玉集》。苏源明：字弱夫，唐代诗人。诗文散见于《全唐诗》、《全唐文》。元结：字次山，著名诗人。有《元次山集》。李观：字元宾，唐代文学家。擅长散文，有《李元宾文集》。②浸淫：逐渐渗透。③李翱：字习之，唐代文学家。有《李文公集》。张籍：字文昌，唐代著名诗人。善作乐府诗，有《张司业集》。

　　东野之役于江南也①，有若不释然者，故吾道其命于天者以解之。

　　【注释】　①役于江南：指赴溧阳就任县尉。唐代溧阳县属江南道。

　　【点评】　孟郊（751年—814年），字东野，唐代湖州武康（今浙江德清县）人。其诗名与贾岛并列，人们评论二人诗作为"郊寒岛瘦"。孟郊怀才不遇，心情抑郁。贞元七年（公元791年），孟郊四十一岁，才在故乡湖州举乡贡进士，于是赴京应进士试。贞元八年（公元792年），下第。他可能是在此次应试期间结识了李观与韩愈。《旧唐书》说孟郊"性孤僻寡合，韩愈见以为忘形之"。两人之所以相交，关键在于都不甘于迎合世俗。孟郊比韩愈年长十七，命运坎坷，壮年屡试不第，四十六岁才中进士，五十岁时被授为溧阳县尉。他的平生遭际受到好友韩愈的同情。

　　此文是韩愈特意撰写来送给孟郊的，算是对处于逆境的朋友的鼓励。然而，全文直到最后才引出孟郊。文章一开始用比兴的手法——"大凡物不得其平则鸣"。由大自然发出的声音联系到人的声音，而人独有的语言文辞恰是所有声音中最可贵者。比兴手法的运用让文章的切入非常亲切自然，不露痕迹。然后作者历数先秦两汉的思想家、文士。这里也体现出韩愈古文运动的思想。先秦两汉时代优秀作品正被认为是古文写作当参考的对象。这些文章多为作者的真情流露，故不落俗套。此后的作品未能达到那样的高度。文章最后归结到孟郊的诗作，认为其已达到先秦两汉的高度，然竟不为世人所知。此文铺陈转合，用典多，紧密围绕"鸣"而展开，清代刘海峰评价为"雄奇创辟，横绝古今"。

送董邵南序　韩愈

燕赵古称多感慨悲歌之士^①。董生举进士^②，连不得志于有司，怀抱利器^③，郁郁适兹土^④。吾知其必有合也。董生勉乎哉！

【注释】　①燕赵：战国时的燕国和赵国。②董生：即董邵南。③利器：本指良好的器物，这里指杰出的才华。④适：到达。兹土：指当时河朔三镇幽州（领州九，治所在今北京西南）、成德（领州四，治所在今河北正定）、魏博（领州七，治所在今河北大名），这些地方都割据而不受朝廷节制。

夫以子之不遇时，苟慕义彊仁者皆爱惜焉^①。矧燕赵之士出乎其性者哉^②！然吾尝闻风俗与化移易，吾恶知其今不异于古所云邪？聊以吾子之行卜之也。董生勉乎哉！

【注释】　①彊（qiǎng）：同"强"，勉力。②矧（shěn）：况且。

吾因子有所感矣。为我吊望诸君之墓^①，而观于其市，复有昔时屠狗者乎^②？为我谢曰："明天子在上，可以出而仕矣。"

【注释】　①望诸君：即乐毅，战国时燕国名将，辅佐燕昭王击破齐国，成就霸业，后被诬陷，离燕归赵，赵封之于观津（今河北武邑），称"望诸君"。②屠狗者：据《史记·刺客列传》记载，高渐离曾以屠狗为业。其友荆轲刺秦王未遂而被杀，高渐离替他报仇，也未遂而死。

【点评】　董邵南，寿州安丰（今安徽寿县）人，因屡次考进士未中，拟去河北加入藩镇幕府。韩愈一向反对藩镇割据，故作此序赠送给他，既同情他仕途的不遇，又劝他不要去为割据势力做不义之事。文章首段先说此行一定"有合"，是陪笔。次段指出古今风俗不同，故此行未必"有合"，虽不明说而主旨已露。末段借用乐毅和高渐离之事，喻示董邵南生不逢时，应当效法燕赵之地的忠臣义士，效力朝廷。全文虽仅百余字，但内容丰富，一波三折，起伏跌宕。刘大櫆评此篇曰："深微屈曲，读之，觉高情远韵可望而不可即。"

祭十二郎文 韩愈

年月日，季父愈闻汝丧之七日^①，乃能衔哀致诚^②，使建中远具时羞之奠^③，告汝十二郎之灵^④。

【注释】 ①季父：父亲最小的兄弟。②衔哀致诚：心中怀着哀痛，表示赤诚之意。③建中：人名，应该是韩愈家中的仆人。时羞：当季的鲜美食物。羞，同"馐"。④十二郎：韩愈二兄韩介生有二子，一为百川，一为老成。后来韩老成过继给韩愈长兄韩会为嗣，在家族中排行第十二，所以被称作十二郎。

呜呼！吾少孤^①，及长，不省所怙^②，惟兄嫂是依。中年，兄殁南方^③，吾与汝俱幼，从嫂归葬河阳^④。既又与汝就食江南^⑤，零丁孤苦，未尝一日相离也。吾上有三兄^⑥，皆不幸早世^⑦，承先人后者^⑧，在孙惟汝，在子惟吾，两世一身^⑨，形单影只。嫂常抚汝指吾而言曰："韩氏两世，惟此而已。"汝时尤小，当不复记忆；吾时虽能记忆，亦未知其言之悲也。

【注释】 ①孤：少年丧父称"孤"，韩愈在三岁时便失去了父亲。②怙（hù）：《诗经·小雅·蓼莪》："无父何怙，无母何恃。"后世由此以"怙恃"来代称父母。③兄殁南方：代宗大历十二年（公元777年），韩会由起居舍人贬为韶州（今广东韶关）刺史，次年死于任所，年仅四十三岁。当时韩愈十一岁，正伴随在韩会身边。④河阳：今河南孟县西，韩愈祖籍所在，也是其祖坟所在地。⑤就食江南：唐德宗建中二年（公元781年），北方藩镇李希烈反叛，中原局势动荡。韩愈随嫂迁家避居宣州（今安徽宣城）。因韩家在宣州置有田宅别业。⑥吾上有三兄：韩愈有三位同胞兄长，除了韩会、韩介之外，还有一位出生不久便去世。⑦早世：过早地去世。世，通"逝"。⑧先人：指韩愈已经去世的父亲韩仲卿。⑨两世一身：两代人都各只剩下一个男丁。

吾年十九，始来京城。其后四年，而归视汝①。又四年，吾往河阳省坟墓，遇汝从嫂丧来葬②。又二年，吾佐董丞相于汴州③，汝来省吾，止一岁④，请归取其孥⑤。明年⑥，丞相薨⑦，吾去汴州，汝不果来⑧。是年，吾佐戎徐州⑨，使取汝者始行⑩，吾又罢去⑪，汝又不果来。吾念汝从于东⑫，东亦客也，不可以久，图久远者，莫如西归，将成家而致汝。呜呼！孰谓汝遽去吾而殁乎⑬！吾与汝俱少年，以为虽暂相别，终当久相与处，故舍汝而旅食京师，以求斗斛之禄⑭。诚知其如此，虽万乘之公相⑮，吾不以一日辍汝而就也⑯！

【注释】　①视：古时探亲，上对下曰视，下对上曰省。下文中的"省坟墓"，因拜祭祖先的坟墓，所以用"省"，本意为探望，这里引申为凭吊的意思。②遇汝从嫂丧来葬：韩愈嫂子郑氏卒于贞元九年（公元793年）。贞元十一年（公元795年），韩愈往河阳祖坟扫墓，与奉其母郑氏灵柩来河阳安葬的十二郎相遇。③董丞相：指董晋。时韩愈在董晋幕中任节度推官。汴州：治所在今河南开封市。④止：留居。⑤孥

（nú）：妻子和儿女。⑥明年：第二年。⑦薨（hōng）：君主时代称诸侯或大官等的死。贞元十五年（公元799年）二月，董晋死于汴州任所，韩愈随葬西行。离开后第四天，汴州即发生兵变。⑧不果：没能够。⑨佐戎徐州：当年秋，韩愈入徐、泗、濠节度使张建封幕任节度推官，节度使府在徐州。佐戎，辅助军务。⑩使取汝始行：倘若迎接到你便出行。使，倘若。取，迎接。⑪罢去：贞元十六年（公元800年）五月，张建封卒，韩愈离开徐州赴洛阳。⑫东：指故乡河阳之东的汴州和徐州。⑬孰谓：谁会料到。遽（jù）：骤然。⑭斗斛（hú）之禄：唐时十斗为一斛。这里指微薄的俸禄。⑮万乘（shèng）之公相：指高官厚禄。乘，古代称兵车，四马一车为一乘。封国大小以兵赋计算，凡地方千里的大国，称为万乘之国。⑯辍：离开。辍的本义是停止。就：就职。

　　去年①，孟东野往，吾书与汝曰："吾年未四十，而视茫茫，而发苍苍，而齿牙动摇。念诸父与诸兄，皆康强而早世，如吾之衰者，其能久存乎！吾不可去，汝不肯来，恐旦暮死，而汝抱无涯之戚也②。"孰谓少者殁而长者存，强者夭而病者全乎！呜呼！其信然邪？其梦邪？其传之非其真邪？信也，吾兄之盛德而夭其嗣乎？汝之纯明而不克蒙其泽乎③？少者强者而夭殁，长者衰者而存全乎？未可以为信也。梦也，传之非其真也？东野之书，耿兰之报④，何为而在吾侧也？呜呼！其信然矣！吾兄之盛德而夭其嗣矣！汝之纯明宜业其家者⑤，不克蒙其泽矣！所谓天者诚难测，而神者诚难明矣！所谓理者不可推，而寿者不可知矣！虽然，吾自今年来，苍苍者或化而为白矣，动摇者或脱而落矣⑥。毛血日益衰⑦，志气日益微⑧，几何不从汝而死也！死而有知，其几何离⑨？其无知，悲不几时，而不悲者无穷期矣。汝之子始十岁⑩，吾之子始五岁⑪，少而强者不可保，如此孩提者⑫，又可冀其成立邪？呜呼哀哉！呜呼哀哉！

【注释】　①去年：指贞元十八年（公元802年）。②无涯之戚：无穷的悲伤。③不克：不能。蒙：承受。④耿兰：来报告十二郎死讯的家人。⑤业其家：继承家业。⑥动摇者或脱而落：指牙齿脱落。⑦毛血：身体素质。⑧志气：精神状态。⑨其几何离：分离会有多久呢？几何，多久。⑩汝之子：十二郎有两个儿子，长子叫韩湘，次子叫韩滂，这里当指长子韩湘。⑪吾之子：指韩愈的长子韩昶。⑫孩提：两三岁的小孩。

汝去年书云："比得软脚病①，往往而剧。"吾曰："是疾也，江南之人，常常有之。"未始以为忧也。呜呼！其竟以此而殒其生乎！抑别有疾而至斯乎？汝之书，六月十七日也。东野云：汝殁以六月二日。耿兰之报无月日。盖东野之使者，不知问家人以月日；如耿兰之报，不知当言月日。东野与吾书，乃问使者，使者妄称以应之耳。其然乎？其不然乎？今吾使建中祭汝，吊汝之孤与汝之乳母②，彼有食可守以待终丧③，则待终丧而取以来④；如不能守以终丧，则遂取以来。其余奴婢，并令守汝丧。吾力能改葬⑤，终葬汝于先人之兆⑥，然后惟其所愿⑦。

【注释】　①比（bì）：近来。软脚病：脚气病。②吊：这里指慰问。孤：十二郎之子。③终丧：守满为时三年的丧期。《孟子·滕文公上》："三年之丧……自天子达于庶人，三代共之。"④取以来：将十二郎的孩子与乳母接过来。⑤吾力能改葬：如果我有能力将你迁葬。言下之意是说将十二郎的尸骨暂时就地安葬。⑥兆：墓地。⑦惟其所愿：才算了却了心事。

呜呼！汝病吾不知时，汝殁吾不知日。生不能相养以共居，殁不得抚汝以尽哀。敛不凭其棺①，窆不临其穴②。吾行负神明，而使汝夭，不孝不慈，而不得与汝相养以生，相守以死。一在天之涯，一在地之角。生而影不与吾形相依，死而魂不与吾梦相接。吾实为之，其又何尤③？彼苍者天，曷其有极④！自今已往，吾其无意于人世矣。当求数顷之田，于伊颍之上⑤，以待余年。教吾子与汝子，幸其成⑥；长吾女与汝女⑦，待其嫁。如此而已。

【注释】 ①敛：通"殓"，为死者更衣称小殓，放入棺材称大殓。凭：靠近。②窆（biǎn）：下棺入土。穴：墓穴。③何尤：又有谁可怨恨。④彼苍者天，曷其有极：你青苍的上天啊，我的痛苦哪有尽头啊。《诗经·唐风·鸨羽》："悠悠苍天，曷其有极。"⑤伊颍（yǐng）：伊水和颍水，流经今河南省境内，此即指作者故乡。⑥幸其成：希望他们能够有所成就。⑦长（zhǎng）：养育、抚养。

呜呼！言有穷而情不可终，汝其知也邪？其不知也邪？呜呼哀哉！尚飨①。

【注释】 ①尚飨：古代祭文结尾处用语，表示希望死者能够享用祭品。

【点评】 韩愈的《祭十二郎文》与欧阳修的《泷冈阡表》、袁枚的《祭妹文》并称为我国古代的"三大祭文"。而茅坤认为韩愈此文为"祭文中千年绝调"。

该祭文是韩愈于唐德宗贞元十九年（公元 803 年），在长安任监察御史时，为祭他侄子十二郎韩老成而作。

韩愈幼年丧父，后来由长兄韩会与兄嫂抚养成人。十二郎本是韩愈二兄韩介之子，过继给韩会为嗣，便从小和韩愈生活在一起。由于两人年纪相仿，即便是叔侄关系，但亲密无间，好似孪生弟兄。

苏轼说："读韩退之《祭十二郎文》而不堕泪者，其人必不友。"该文之所以能打动人心，关键在于作者一直在叙述自己与十二郎之间的日常生活，朴素自然，不加修饰。同时，全文使用了第一人称与第二人称，仿佛是作者在当面向十二郎倾述衷肠，尽管死者已去，再无法感知这个世界的冷暖。

除了个人情感的悲痛之外，本文也突出了一种常会遇到的矛盾——好像极难在亲情与功名之间找到一个平衡点。韩愈与十二郎感情真挚，但为了自己的功名事业，不得不与之各在一方，无法长久地生活在一起。作者在全文最后说，希望能够归隐田园，一心抚养自己和十二郎的孩子，让他们将来能继承家业，也有一番作为。实际上，韩愈后来并未如文所述，他依然行走在事业的道路上。或许他内心一直对此充满了悔恨、无奈，而借此文将内心的矛盾、纠结表露无遗。对这种矛盾的揭露也是打动他人的关键所在。

另外，再从文章写作手法上来说。汉魏以来，祭文多仿《诗经》四言韵语，也多用骈体。韩愈改用散文体，便能突破更多束缚，自由抒情，别有天地；文中也有四言，也借用了骈文的形式，但灵活运用，元素多样，让人不感到单调乏味。

唐宋八大家散文

祭鳄鱼文 韩愈

维年月日①，潮州刺史韩愈使军事衙推秦济②，以羊一、猪一，投恶溪之潭水③，以与鳄鱼食，而告之曰：

【注释】 ①维：助词，放在句中或句首，无义。②潮州：州名，治所唐时海阳县（今广东潮州市）。刺史：州的行政长官。衙推：府属掌管狱讼的官职。秦济：当时衙推的姓名。③恶溪：在潮州境内，即今广东韩江及其上游梅江。

昔先王既有天下，列山泽①，罔绳擉刃②，以除虫蛇恶物为民害者，驱而出之四海之外。及后王德薄，不能远有，则江汉之间，尚皆弃之以与蛮、夷、楚、越③；况潮岭海之间④，去京师万里哉！鳄鱼之涵淹卵育于此⑤，亦固其所。

【注释】 ①列：通"烈"，放火。②罔：同"网"。擉（chuò）：刺。③蛮：古时对南方少数民族的贬称。夷：古时对东方少数民族的贬称。楚、越：泛指东南方偏远地区。④岭：越城、都庞、萌渚、骑田、大庾等五岭，地处今湘、赣、桂、粤边境。海：南海。⑤涵淹：潜伏。卵育：产卵繁殖。

今天子嗣唐位^①，神圣慈武，四海之外，六合之内^②，皆抚而有之；况禹迹所揜^③，扬州之近地^④，刺史、县令之所治，出贡赋以供天地宗庙百神之祀之壤者哉？鳄鱼其不可与刺史杂处此土也。刺史受天子命，守此土，治此民，而鳄鱼睅然不安溪潭^⑤，据处食民畜、熊、豕、鹿、獐，以肥其身，以种其子孙。与刺史亢拒^⑥，争为长雄^⑦。刺史虽驽弱^⑧，亦安肯为鳄鱼低首下心^⑨，伈伈睍睍^⑩，为民吏羞，以偷活于此邪！且承天子命以来为吏，固其势不得不与鳄鱼辨。

【注释】　①今天子：指当时在朝的皇上唐宪宗李纯。嗣：继承。②六合：天地四方，即整个宇宙空间。③禹迹：相传夏禹治水，足迹遍于九州，后因称中国的疆域为禹迹。语出《书·立政》："其克诘尔戎兵，以陟禹之迹。"揜（yǎn）：同"掩"，覆盖。④扬州：传说大禹治水以后，将天下划分为九州，扬州便是其中之一，而潮州在九州版块中属扬州地域。⑤睅（hàn）然：瞪大眼睛，显露出凶狠的样子。⑥亢拒：抗拒。⑦长雄：为首、称雄。⑧驽弱：鲁钝软弱。⑨低首：低头而不敢仰视。下心：内心屈服于人。⑩伈（xǐn）伈：恐惧的样子。睍（xiàn）睍：眯起眼睛看，喻胆怯。

鳄鱼有知，其听刺史言：潮之州，大海在其南，鲸、鹏之大，虾、蟹之细，无不容归，以生以食，鳄鱼朝发而夕至也。今与鳄鱼约：尽三日，其率丑类南徙于海^①，以避天子之命吏。三日不能，至五日；五日不能，至七日；七日不能，是终不肯徙也。是不有刺史，听从其言也；不然，则是鳄鱼冥顽不灵^②，刺史虽有言，不闻不知也。夫傲天子之命吏，不听其言，不徙以避之，与冥顽不灵而为民物害者，皆可杀。刺史则选材技吏民，操强弓毒矢，以与鳄鱼从事，必尽杀乃止。其无悔③！

【注释】　①丑类：即鳄鱼。②冥顽不灵：愚钝无知，顽固不化。③其：你们。

【点评】　元和十四年（公元819年），韩愈因撰写《谏迎佛骨表》而触怒了唐宪宗，差点遭到杀身之祸，幸亏得到裴度的救援才被贬为潮州刺史。据说，韩愈刚到潮州的时候，便听说所治境内恶溪中有鳄鱼，肆意妄为，竟然把附近百姓的牲口都吃光了，扰乱了大家的生活秩序。于是，韩愈写下了这篇《祭鳄鱼文》，劝诫鳄鱼搬迁。不久，恶溪之水西迁六十里，潮州境内永远消除了鳄鱼之患。此当为传说，不足以信。韩愈此举也无任何科学根据。晚清古文大家林纾曾说："篇中凡五提'天子之命'，颇极郑重。然在当时读之，自见其忠；自后人观之，不免有呆气。试问鳄鱼一无知嗜杀之介虫，岂知文章？又岂知有天子之命？且鳄非海中之物，半陆半水，在斐州恒居苇阳之间，断无能驱入海之理。后此陈文惠通利潮州，鸣鼓戮鲜于市，且为文告之，欧公至引之于神道碑中，尤堪捧腹。"林纾觉得，韩愈在此文中示人以迂腐形象——不论事实如何，却似乎相信自己的文采可感动万事万物，道德的优越可以抵制所有冥顽不灵之物。但是，韩愈"好游戏"（清李光地语），他撰写此文或许并不是针对不通人语的鳄鱼，而是针对当时盘踞一方的藩镇大帅、腐败官吏。如此游戏为文，反倒显示出了韩愈幽默诙谐的性格。

而从文章写作来说，此文可圈可点。文章先回顾古代的情况。在他眼中，在远古三代，一切都可以作为后来世界的范式，治理鳄鱼亦然。然后陡然折笔回锋，述及"今天子嗣唐位"，鳄鱼却猖狂到难以驯服的地步。最后一段正式宣布驱逐鳄鱼的命令，向鳄鱼发出通牒。文章短小精悍，义正词严，步步逼近。这实为一篇檄文，如临大敌，兴师问罪，极为大胆而鲜明地表露自我内心的强烈情感。正如曾国藩所评："文气似司马相如《谕巴蜀檄》，但彼以雄深胜，此以矫健胜。"

柳子厚墓志铭　韩愈

　　子厚讳宗元①。七世祖庆②，为拓跋魏侍中③，封济阴公。曾伯祖奭④，为唐宰相，与褚遂良、韩瑗俱得罪武后⑤，死高宗朝。皇考讳镇⑥，以事母弃太常博士⑦，求为县令江南。其后以不能媚权贵⑧，失御史。权贵人死⑨，乃复拜侍御史⑩。号为刚直，所与游皆当世名人⑪。

　　【注释】　①子厚：柳宗元的字。作墓志铭例当称死者官衔，因韩愈和柳宗元是笃交，故称字。讳：名。生者称名，死者称讳。②七世祖：指柳宗元七世祖柳庆。③拓跋魏：北魏国君姓拓跋（后改元），故称。侍中：古代职官名，掌管传达皇帝的命令。④曾伯祖奭（shì）：指柳宗元堂高伯祖柳奭，此作曾伯祖误。⑤褚（chǔ）遂良：字登善，曾做过吏部尚书、同中书门下三品、尚书右仆射等官。唐太宗临终时命他与长孙无忌一同辅佐高宗。后因劝阻高宗改立武后，遭贬，忧病而死。韩瑗（yuàn）：字伯玉，官至侍中，为救褚遂良，也被贬黜。⑥皇考：对亡父的尊称。⑦太常博士：太常寺掌宗庙礼仪的属官。⑧权贵：居高位、有权势的人，这里指窦参。柳镇曾迁殿中侍御史，因不肯与御史中丞卢佋、宰相窦参一同诬陷侍御史穆赞，后又为穆赞平反冤狱，得罪窦参，被窦参以他事陷害贬官。⑨权贵人死：其后窦参因罪被贬，第二年被唐德宗赐死。⑩侍御史：御史台的属官，职掌纠察百僚，审讯案件。⑪所与游皆当世名人：柳宗元有《先君石表阴先友记》，记载他父亲相与交游者计六十七人，书于墓碑之阴。并说："先君之所与友，凡天下善士举集焉。"

子厚少精敏，无不通达。逮其父时①，虽少年，已自成人②，能取进士第③，崭然见头角④。众谓柳氏有子矣⑤。其后以博学宏词⑥，授集贤殿正字⑦。俊杰廉悍⑧，议论证据今古，出入经史百子⑨，踔厉风发⑩，率常屈其座人⑪。名声大振，一时皆慕与之交。诸公要人，争欲令出我门下⑫，交口荐誉之⑬。

【注释】 ①逮（dài）其父时：在柳宗元父亲在世的时候。柳宗元童年时代，其父柳镇去江南，他和母亲留在长安。到他十二三岁时，柳镇在湖北、江西等地做官，他随父同去。柳镇卒于793年，柳宗元年二十一岁。逮，等到。②已自成人：柳宗元十三岁即作《为崔中丞贺平李怀光表》，刘禹锡作集序说："子厚始以童子，有奇名于贞元初。"③取进士第：贞元九年（公元793年），柳宗元进士及第，年二十一。④崭然：突出优秀而有所成就。见（xiàn）：同"现"，显现，在这里表示出人头地。⑤有子：有争气的儿子。⑥博学宏词：唐制，进士及第者可应博学宏词考选，取中后即授予官职。⑦集贤殿：集贤殿书院，掌刊辑经籍，搜求佚书。正字：集贤殿置学士、正字等官，正字掌管编校典籍、刊正文字的工作。柳宗元二十六岁授集贤殿正字。⑧廉悍：品德方正，廉洁和坚毅。⑨出入：融会贯通。⑩踔（chuō）厉风发：形容雄辩恣肆，议论纵横。踔，远。厉，高。⑪率：每每，经常。屈：使之折服。⑫令出我门下：（因其才华出众），都想叫他做自己的门生。⑬交口：异口同声。

贞元十九年，由蓝田尉拜监察御史^①。顺宗即位，拜礼部员外郎^②。遇用事者得罪^③，例出为刺史^④。未至，又例贬永州司马^⑤。居闲，益自刻苦，务记览，为词章，泛滥停蓄^⑥，为深博无涯涘^⑦，而自肆于山水间^⑧。

【注释】　①蓝田：今属陕西。尉：县府管理治安，缉捕盗贼的官吏。监察御史：古代官职之一，御史的一种。②礼部员外郎：官名，掌管辨别和拟定礼制之事及学校贡举之法。柳宗元得做此官是王叔文、韦执谊等所荐引。③用事者：掌权的人，指王叔文。唐顺宗李诵做太子时，王叔文任太子属官，李诵登位后，王叔文任户部侍郎，深得顺宗信任。于是王叔文和柳宗元等人引用新进，施行改革。旧派世族和藩镇宦官拥立其子李纯为宪宗，将王叔文贬黜，后来又将其杀害。和柳宗元同时贬作司马的共八人，号"八司马"。④例出：按规定遣出。永贞元年（公元805年），柳宗元被贬为邵州刺史。⑤例贬：依照"条例"贬官。⑥泛滥：文笔汪洋恣肆，不受拘束。停蓄：文笔厚重凝练，具有含蓄之美。⑦无涯涘（sì）：无边际，无限制。涯涘，水边。⑧自肆：放纵任意。

元和中，尝例召至京师，又偕出为刺史^①，而子厚得柳州^②。既至，叹曰："是岂不足为政邪^③？"因其土俗^④，为设教禁^⑤，州人顺赖^⑥。其俗以男女质钱^⑦，约不时赎^⑧，子本相侔^⑨，则没为奴婢^⑩。子厚与设方计^⑪，悉令赎归^⑫。其尤贫力不能者，令书其佣^⑬，足相当，则使归其质^⑭。观察使下其法于他州^⑮，比一岁^⑯，免而归者且千人。衡湘以南为进士者^⑰，皆以子厚为师，其经承子厚口讲指画为文词者，悉有法度可观^⑱。

【注释】　①偕出：一同出任。元和十年（公元815年），柳宗元等"八司马"同时被召回长安，但又同被迁往更偏远的地方。②柳州：唐置，属岭南道，即今广西柳州市。③是岂不足为政邪：这里难道就不值得实施政教吗？④因：顺着、按照。土俗：当地的风俗。⑤教禁：教谕与禁令。⑥顺赖：顺从、信赖。⑦质：典当、抵押。⑧约不时赎：不按照约定的时间赎回。⑨子本相侔（móu）：利息与本金相等。⑩没：没收。⑪与设方计：替债务人想方设法。⑫悉：全部。⑬佣：当雇工，这里指工资。⑭质：人质。⑮观察使：中央派往地方负责监察的官员。下其法：将这种办法推广下去。⑯比：等到。⑰衡湘：衡山、湘水，这里指岭南地带。⑱法度：规范。

其召至京师而复为刺史也，中山刘梦得禹锡亦在遣中^①，当诣播州^②。子厚泣曰："播州非人所居，而梦得亲在堂^③，吾不忍梦得之穷^④，无辞以白其大人^⑤。且万无母子俱往理。"请于朝，将拜疏^⑥，愿以柳易播^⑦，虽重得罪^⑧，死不恨。遇有以梦得事白上者^⑨，梦得于是改刺连州^⑩。呜呼！士穷乃见节义。今夫平居里巷相慕悦，酒食游戏相征逐^⑪，诩诩强笑语以相取下^⑫，握手出肺肝相示^⑬，指天日涕泣，誓生死不相背负^⑭，真若不信；一旦临小利害，仅如毛发比^⑮，反眼若不相识。落陷阱^⑯，不一引手救，反挤之，又下石焉者，皆是也。此宜禽兽夷狄所不忍为，而其人自视以为得计。闻子厚之风，亦可以少愧矣^⑰。

【注释】　①刘梦得：名禹锡，唐朝彭城（今江苏铜山县）人。自称是汉中山靖王后裔，是王叔文政治改革集团一员。王叔文失败后，刘禹锡被贬为郎州司马，这次召还入京后又贬播州刺史。②诣：前往。播州：今贵州绥阳县。③亲在堂：母亲健在。④穷：困窘。⑤白：告知、禀告。大人：父母，这里指刘梦得的母亲。⑥拜疏：上呈奏章。⑦以柳易播：柳宗元自愿到播州去，而让刘梦得去条件稍好的柳州。⑧重（chóng）得罪：再加一重罪。⑨遇有以梦得事白上者：这里是指当时御史中丞裴度、崔群为刘禹锡陈情一事。⑩连州：唐时属岭南道。⑪征逐：往来频繁。⑫诩诩（xǔ）：讨好取媚的样子。强（qiǎng）：勉强、做作。取下：指采取谦下的态度。⑬出肺肝相示：比喻坦诚相待。⑭背负：背叛、负心。⑮如毛发比：如同毛发一样细微而不足道。⑯陷阱（jǐng）：圈套、祸难。⑰少：稍微。

子厚前时少年，勇于为人①，不自贵重顾藉②，谓功业可立就③，故坐废退④。既退，又无相知有气力得位者推挽⑤，故卒死于穷裔⑥，材不为世用，道不行于时也。使子厚在台省时⑦，自持其身，已能如司马刺史时，亦自不斥；斥时，有人力能举之，且必复用不穷。然子厚斥不久，穷不极，虽有出于人，其文学辞章，必不能自力⑧，以致必传于后如今，无疑也。虽使子厚得所愿，为将相于一时，以彼易此，孰得孰失，必有能辨之者。

【注释】 ①为人：帮助人。②顾藉：顾惜。③立就：立马获得。④坐：因他人获罪而受牵连。废退：指远谪边地，不用于朝廷。⑤有气力：有权势的人。推挽：推举提携。⑥穷裔：贫困的边远地带。⑦台省：御史台和尚书省。⑧自力：独自努力。

子厚以元和十四年十一月八日卒，年四十七。以十五年七月十日，归葬万年先人墓侧。子厚有子男二人①：长曰周六，始四岁；季曰周七，子厚卒乃生。女子二人，皆幼。其得归葬也，费皆出观察使河东裴君行立②。行立有节概③，重然诺④，与子厚结交，子厚亦为之尽⑤，竟赖其力。葬子厚于万年之墓者，舅弟卢遵⑥。遵，涿人⑦，性谨慎，学问不厌。自子厚之斥，遵从而家焉，逮其死不去。既往葬子厚，又将经纪其家，庶几有始终者。

【注释】　①子男：儿子。②河东：今山西永济县。裴行立：绛州稷山（今山西稷山县）人，时任桂管观察使，是柳宗元的上司。③节概：节操气概。④重然诺：重视自己许下的诺言。⑤尽：尽心尽力。⑥卢遵：柳宗元舅父的儿子。⑦涿（zhuō）：今河北涿县。

铭曰：是惟子厚之室①，既固既安，以利其嗣人②。

【注释】　①惟：就是。室：这里指墓穴。②嗣人：家族后代。

【点评】　此文是韩愈于元和十五年（公元 820 年），在袁州任刺史时所作。韩愈和柳宗元同是唐代古文运动中桴鼓相应的领袖。两人私交甚深，友情笃厚，可说是古文运动当中的同志。

柳宗元卒于元和十四年（公元 819 年），韩愈就此写过不少哀悼和纪念的文字，而这篇《柳子厚墓志铭》最为后人所称道。

墓志铭是古代文体的一种，被刻于石上，然后纳入墓内或墓旁，表示对死者的纪念。墓志铭的写作容易流于形式，一味歌颂亡者，文风千篇一律。而该墓志铭被清代沈德潜誉为："噫郁苍凉，墓志中千秋绝唱！"

先说该墓志铭的文体。全文篇幅基本为志，仅仅末尾处有短短几句铭文。志为散文，铭也未用韵文。采用这样的文体也符合韩愈对于古文复兴的宗旨。这在墓志铭文章的历史上当属革新。

文章开头部分综述了柳宗元的家世与生平。这样的安排倒不显得特别。随着文章推进，作者详述二三事，却可较为清晰地勾勒出柳宗元的人品气概。柳宗元治柳州有方，说明他才华出众，且以公心办事。后来又说到他对刘梦得的处境如何悉心考虑，可见他心地之醇厚。这样的记述便有粗有细，文章肌理显得起伏生动。

文中又述及柳宗元身世的不幸，表达作者内心的悲痛。柳宗元不仅未享高寿，而且在功名事业上又屡遭挫败。韩愈对此别有一解：倘若柳氏官运亨通，也许就无法致力于文学创作，世间便无作为一代文豪的柳宗元。作者假设传主生平的另一种可能，对此抒发令人深省的议论，这样的写作不落入俗套。

作者是亡者的平生知己，本文较之一般的墓志铭，更显得情真意切，实乃韩愈至性至情之所发。

愚溪诗序 柳宗元

灌水之阳有溪焉①，东流入于潇水②。或曰：冉氏尝居也，故姓是溪为冉溪。或曰：可以染也，名之以其能，故谓之染溪。余以愚触罪，谪潇水上③。爱是溪，入二三里，得其尤绝者家焉④。古有愚公谷⑤，今余家是溪，而名莫能定。土之居者⑥，犹龂龂然⑦，不可以不更也，故更之为愚溪⑧。

【注释】　①灌水：湘江的支流，在今广西全州、灌阳一带。阳：山的南面、水的北面都被称为"阳"。②潇水：湘江支流，源出湖南省道县潇山，因此得名。③谪：古代官吏因罪而被降职或流放。④家：作动词，安家落户、居住之意。⑤愚公谷：在今山东省淄博市北部，刘向《说苑·政理》："齐桓公出猎，逐鹿而走入山谷之中，见一老公而问之曰：'是为何谷？'对曰：'为愚公之谷。'桓公曰：'何故？'对曰：'以臣名之。'"⑥土之居者：当地的居民。⑦龂（yín）龂然：争辩的样子。⑧以上四句是说当地的居民争论不休，有的主张称其为冉溪，有的认为应该叫它为染溪，不得不更改名称，所以将它的名称改为愚溪。

愚溪之上，买小丘为愚丘。自愚丘东北行六十步，得泉焉，又买居之为愚泉。愚泉凡六穴，皆出山下平地，盖上出也①。合流屈曲而南②，为愚沟。遂负土累石，塞其隘为愚池③。愚池之东为愚堂。其南为愚亭。池之中为愚岛，嘉木异石错置④，皆山水之奇者，以余故，咸以愚辱焉⑤。

【注释】　①上出：（泉水）向上涌出。②合流：指六穴泉水汇合。屈曲：弯曲、曲折。③塞其隘（ài）：堵塞它的狭窄之处。④错置：杂然罗列。⑤咸：都、全。

夫水，智者乐也①。今是溪独见辱于愚②，何哉？盖其流甚下③，不可以灌溉；又峻急多坻石④，大舟不可入也；幽邃浅狭⑤，蛟龙不屑，不能兴云雨⑥。无以利世，而适类于余⑦，然则虽辱而愚之⑧，可也。

【注释】　①夫水，智者乐（yào）也：语出《论语·雍也》："智者乐水，仁者乐山。"乐，喜好。②见辱于愚：被愚所玷污。"见……于"是固定句式，在古汉语中表示被动。③其流甚下：愚溪水位低下。④峻急：水流湍急。坻（chí）：水中小洲或高地。⑤幽邃：僻远之地。⑥"盖其流……云雨"：是以溪写人，柳宗元以无功于世的愚溪譬喻境遇凄凉、报国无门的自己。⑦适类于余：（愚溪的情状）刚好与我相类似。适，正好。⑧愚：用如动词。愚之：叫它为愚。

宁武子"邦无道则愚"①，智而为愚者也；颜子"终日不违如愚"②，睿而为愚者也③。皆不得为真愚。今余遭有道而违于理④，悖于事，故凡为愚者，莫我若也。夫然，则天下莫能争是溪，余得专而名焉。

【注释】　①宁武子：名俞，谥武，春秋时卫国大夫。《论语·公冶长》："宁武子，邦有道则智，邦无道则愚。其智可及也，其愚不可及也。"杨伯峻《论语译注》译为："宁武子在国家太平时，便聪明；在国家不太平时，便装傻。他那种聪明，别人赶得上；他那种装傻，别人就赶不上了。"②颜子：孔子的弟子颜回，字子渊。这句话出自《论语·为政》："子曰：'吾与回言终日，不违如愚。退而省其私，亦足以发。回也不愚。'"杨伯峻译为："孔子说：'我整天和颜回讲学，他从不提出反对意见和疑问，像个蠢人。等他回去自己研究，却也能够发挥。颜回呀，并不愚蠢啊！'"③睿：通达、明智。④今余遭有道：如今我遇到了政治清明之世。有道，政治清明之世。苏轼《次韵王定国谢韩子华过饮》："莫乱三上章，有道贫贱耻。"

溪虽莫利于世，而善鉴万类①，清莹秀澈，锵鸣金石②，能使愚者喜笑眷慕，乐而不能去也。余虽不合于俗，亦颇以文墨自慰，漱涤万物③，牢笼百态④，而无所避之⑤。以愚辞歌愚溪⑥，则茫然而不违，昏然而同归⑦，超鸿蒙⑧，混希夷⑨，寂寥而莫我知也⑩。于是作《八愚诗》，纪于溪石上⑪。

【注释】 ①鉴：照。万类：即万物。②锵：形容金玉等撞击的声音，这里是说水声像钟磬之声。③漱（shù）涤：洗涤。④牢笼：包罗、囊括。以上两句话的意思是，写文章时，万物经过作者的描画就像被洗涤过一般鲜活生动、跃然纸上。刘熙载《艺概》说："《愚溪诗序》云：'漱涤万物，牢笼百态'，此等语皆若自喻文境。"⑤无所避之：（用笔之处）无所回避，无拘无束。⑥愚辞：指《八愚诗》。歌：咏赞。⑦茫然而不违，昏然而同归：（在《八愚诗》中我与愚溪）茫茫然而没有相违逆之处，昏昏然而同归于一体。⑧超鸿蒙：指出世，超越天地尘世。鸿蒙，指宇宙万物形成前的混沌状态。《庄子·在宥》："云将东游，过扶摇之枝，而适遭鸿蒙。"成玄英疏曰："鸿蒙，元气也。"⑨混希夷：与自然相融合，物我不分。希夷，《老子》："视之不见名曰夷，听之不闻名曰希。"河上公注："无色曰夷，无声曰希。"后因以"希夷"指虚寂玄妙。⑩寂寥而莫我知：寂静空阔而不知道我是谁，这里指摒除一切杂念、烦恼达到一种形神俱忘、物我不分的境界。⑪纪：即记。

【点评】 柳宗元（773年—819年），字子厚，祖籍河东郡（今山西运城一带），祖辈世代为官，河东柳氏与河东薛氏、河东裴氏并称"河东三著姓"。793年，时年二十一岁的柳宗元进士及第，名声大振。"永贞革新"是柳宗元重要的人生转折点。805年唐德宗驾崩，唐顺宗即位，改元永贞，并开始重用王伾、王叔文等人。当时，刘禹锡、柳宗元等人与二王政见相同，遂结成一个以"二王刘柳"为核心的革新派政党，拉开新政运动的序幕。然而，随着顺宗中风病情加重以及宦官专权愈演愈烈，最终顺宗被迫禅让帝位给皇太子李纯，即唐宪宗。"永贞革新"也以失败而告终，其核心成员十人均被贬斥，史称"二王八司马"（"二王"指王伾、王叔文，"八司马"指韦执谊、韩泰、陈谏、柳宗元、刘禹锡、韩晔、凌准、程异，均被贬为州司马）。805年9月柳宗元被贬为邵州刺史，于11月赴任途中，又被加贬为永州司马。柳宗元左迁永州后，暂居于龙兴寺。810年，柳宗元在城郊发现了冉溪，更其名为"愚溪"，并结庐而居。触景生情，柳宗元写下了《八愚诗》，抒发自己愤懑抑郁的情绪，可惜诗篇早已亡佚，这篇文章便是此诗的序言。

全篇共分为三个部分：第一、二段详述"八愚"（愚溪、愚丘、愚泉、愚沟、愚池、愚堂、愚亭、愚岛）名称的由来，描绘山水之奇美；第三、四段"二愚"（愚溪、愚人）合而为一，从愚溪之"无以利世"比类自己的怀才不遇，并引经据典，以宁武子、颜回反讽现实政治，自嘲以嘲世；第五段详述"愚者"之乐，寄情山水以文墨自娱，刘熙载在《艺概》中指出：

"《愚溪诗序》云：'漱涤万物，牢笼百态'，此等语皆若自喻文境。"

文章以"愚"字点睛，结构清晰，前后关合照应；文字犀利，含而不露、暗藏刀锋；人景合一，迥然异趣。正如林云铭在《古文析义》中所言："本是一篇诗序，正因胸中许多郁抑，忽寻出一个愚字，自嘲不已，无故将所居山水尽数拖入浑水中，一齐嘲杀。而且以是淡当得是嘲，己所当嘲，人莫能与。反复推联，令其无处再手出路，然后以溪不失其为溪者代溪解嘲，又以己不失为己者自为解嘲，转入作诗处，觉溪与己同归化境，其转换变化，匪夷所思。"

始得西山宴游记 柳宗元

自余为僇人^①，居是州^②，恒惴栗^③。其隟也^④，则施施而行^⑤，漫漫而游^⑥。日与其徒上高山^⑦，入深林，穷回溪，幽泉怪石，无远不到。到则披草而坐^⑧，倾壶而醉。醉则更相枕以卧，卧而梦。意有所极，梦亦同趣。觉而起，起而归。以为凡是州之山水有异态者，皆我有也^⑨，而未始知西山之怪特^⑩。

【注释】　①僇（lù）人：当受刑戮的人，后泛指罪人。《韩非子·制分》："故其法不用，而刑罚不加乎僇人。"此处指自己被贬的境遇。②是：此、这。③恒惴栗：常常处于恐惧不安之中。惴栗，因恐惧而战栗。语出《诗经·秦风·黄鸟》："临其穴，惴惴其慄。"④隟：同"隙"，闲暇。⑤施（yí）施而行：从容缓慢地行走。施施，徐行貌。语出《诗经·王风·丘中有麻》："彼留子嗟，将其来施施。"郑玄笺："施施，舒行伺闲，独来见己之貌。"⑥漫漫：放任、随性。⑦徒：同伴。⑧披：分开、拨开。⑨皆我有也：我都游览过。⑩怪特：奇异特别。

今年九月二十八日，因坐法华西亭，望西山，始指异之^①。遂命仆人过湘江，缘染溪^②，斫榛莽^③，焚茅茷^④，穷山之高而止。攀援而登，箕踞而遨⑤，则凡数州之土壤，皆在衽席之下⑥。其高下之势，岈然洼然⑦，若垤若穴⑧；尺寸千里，攒蹙累积⑨，莫得遁隐⑩；萦青缭白⑪，外与天际，四望如一。然后知是山之特立，不与培塿为类⑫。悠悠乎与颢气俱⑬，而莫得其涯；洋洋乎与造物者游，而不知其所穷。引觞满酌⑭，颓然就醉⑮，不知日之入⑯。苍然暮色，自远而至，至无所见而犹不欲归。心凝形释⑰，与万化冥合⑱。然后知吾向之未始游⑲，游于是乎始⑳，故为之文以志㉑。是岁，元和四年也㉒。

【注释】 ①始指异之：开始注意西山，并觉得它有特点。异，意动用法，以之为异。②缘：沿着。染溪：一名为冉溪，参见前篇《愚溪诗序》。③斫（zhuó）：用刀斧砍削。榛（zhēn）莽：杂乱丛生的草木。④茅茷（fá）：繁茂的茅草。茷，草叶茂盛貌。⑤箕（jī）踞（jù）：随意张开两腿坐着，形似簸箕。《庄子·至乐》：“庄子妻死，惠子吊之，庄子则方箕踞鼓盆而歌。”成玄英疏：“箕踞者，垂两脚如簸箕形也。”⑥衽（rèn）席：睡觉用的席子。⑦岈（xiā）然：像山谷深邃的样子。岈，深也。洼然：地势低凹的样子。⑧垤（dié）：蚁冢，后引申为小土堆。⑨攒蹙：紧密聚集。⑩遁隐：隐藏。⑪萦青缭白：青山环绕，溪流缭转。萦、缭，缠绕、围绕。⑫培塿（lóu）：小山丘。⑬颢气：清新、洁白、盛大之气。《文选·班固〈西都赋〉》：“轶埃壒之混浊，鲜颢气之清英。”张铣注：“鲜，洁也；颢，白也。言过埃尘之上以承洁白清英之露。”⑭引觞：持杯、举杯。⑮颓然：倒下貌。⑯日之入：太阳落山。⑰心凝形释：心神专注，达到忘形的境界。《列子·黄帝》：“心凝形释，骨肉都融，不觉形之所倚，足之所履，随风东西，犹木叶干壳，竟不知风乘我耶，我乘风乎。”⑱万化：万物、自然。冥合：隐合。⑲向之：从前、以往。⑳游于是乎始：游览从这里开始。《始得西山宴游记》是

《永州八记》的首篇，故有此说。㉑志：记。㉒元和：从 806 年至 820 年，是唐宪宗李纯的年号。

【点评】 柳宗元被贬为永州司马后，在永州谪居了十年。此地虽偏僻荒远，然而风景旖旎，柳宗元得以寄情于山水，创作出许多名篇佳作，《柳河东全集》中共收录了 540 多篇诗文，其中约 300 篇皆作于永州。《永州八记》乃脍炙人口的山水游记，按成文时间排序，共有以下八篇：《始得西山宴游记》、《钴鉧潭记》、《钴鉧潭西小丘记》、《至小丘西小石潭记》、《袁家渴记》、《石渠记》、《石涧记》、《小石城山记》。《始得西山宴游记》是"八记"的首篇，作于元和四年（公元 809 年）。此篇文眼在"始得"二字，沈德潜在《唐宋八家文读本》中说："从'始得'字着意，人皆知之。苍劲秀削，一归元化，人巧既尽，浑然天工矣。此篇领起后诸小记。"

全文分为两段，前段写以往率性而游，"醉酒卧梦"之后，"觉而起，起而归"，兴味盎然；后段则浓墨重笔于西山之游，作者叹西山之"怪特"，气象之阔大，暮色降临，"至无所见而犹不欲归"。前后形成了鲜明的反差，作者游历的感受也发生了很大的变化。以往是人浮于景，陶醉于欣赏山水的形态；而后则是物我合一，达到了"心凝形释，与万化冥合"的新境界。因而，作者说"游于是乎始"。

桐叶封弟辨　柳宗元

　　古之传者有言①：成王以桐叶与小弱弟戏②，曰："以封汝③。"周公入贺④。王曰："戏也。"周公曰："天子不可戏。"乃封小弱弟于唐⑤。

　　【注释】　①古之传者有言：此事在《吕氏春秋》和刘向的《说苑》均有记载。②成王：周成王姬诵，周武王姬发之子，继位时年幼，由叔父周公姬旦辅政，平定三监之乱。小弱弟：指周成王之弟叔虞。戏：开玩笑。③封：帝王以爵位、土地、名号等赐人。④周公：周文王第四子，武王的弟弟，曾两次辅佐周武王讨伐商纣王；制作礼乐，完善了以宗法血缘为纽带的周朝制度。周公与孔子在唐代被并列为"圣人"。入贺：进去道贺。⑤唐：古国名，在今山西省翼城县一带。

　　吾意不然①。王之弟当封耶，周公宜以时言于王，不待其戏而贺以成之也；不当封耶，周公乃成其不中之戏②，以地以人与小弱者为之主，其得为圣乎？且周公以王之言，不可苟焉而已③，必从而成之耶④？设有不幸⑤，王以桐叶戏妇寺⑥，亦将举而从之乎⑦？凡王者之德，在行之何若⑧。设未得其当，虽十易之不为病⑨；要于其当⑩，不可使易也，而况以其戏乎⑪？若戏而必行之，是周公教王遂过也。

【注释】　①吾意不然：我认为不是这样的。②不中：不适合、不恰当。③苟：轻率。④必从而成之：必服从并实现王之言。⑤设：假设、如果。⑥妇寺：宫中的侍女。《诗经·大雅·瞻卬》："匪教匪诲，时维妇寺。"毛传："寺，近也。"孔颖达疏："寺，即侍也，侍御者必近其傍，故以寺为近。"⑦举：赞成。⑧何若：如何、怎样。⑨十易：多次改变。十，虚指，多次。病：弊病。⑩要：关键。⑪而况：何况。

　　吾意周公辅成王，宜以道①，从容优乐②，要归之大中而已③，必不逢其失而为之辞④。又不当束缚之，驰骤之⑤，使若牛马然，急则败矣。且家人父子尚不能以此自克⑥，况号为君臣者耶？是直小丈夫觖觖者之事⑦，非周公所宜用，故不可信。

【注释】　①道：道理、原则，这里指后文所说的"大中之道"。②优乐：嬉戏和娱乐。③大中：语出《易经·大有》："《大有》，柔得尊位大中，而上下应之，曰《大有》。"后以"大中"指不偏不倚、无过与不及的中正之道。《汉书·孔光传》："皇之不极，是为大中不立。"④逢：迎合。辞：辩解。⑤驰骤：疾奔，这里是使动用法，使他奔忙劳碌。⑥克：约束。⑦小丈夫：庸俗而见识短浅之人。《孟子·公孙丑下》："予岂若是小丈夫然哉，谏于其君而不受则怒，悻悻然见于其面，去则穷日之力而后宿哉？"觖觖（quē）：同"缺缺"，疏薄伪巧。

　　或曰：封唐叔，史佚成之①。

【注释】　①史佚：原名尹佚，是西周初年的太史。《史记·晋世

国学经典丛书

058

家》认为尹佚促成了叔虞封唐这件事："成王与叔虞戏，削桐叶为珪以与叔虞，曰：'以此封若。'史佚因请择日立叔虞。成王曰：'吾与之戏耳。'史佚曰：'天子无戏言。言则史书之，礼成之，乐歌之。'于是遂封叔虞于唐。唐在河、汾之东，方百里，故曰唐叔虞。"而《吕氏春秋》和《说苑》则认为此事与周公有关。

【点评】　"辨"是一种用于辨明事物是非真伪、反驳他人言论而加以判断的论说文体。《文心雕龙》中并没有谈到"辨"这种文体，只是说"论之为体，所以辨正然否，穷于有数，追于无穷，迹坚求通，钩深取极"。可见，"论"与"辨"并无区别。唐以后，"辨"才作为一种独立的文体，被文章大家所重视，如韩愈有《讳辨》，《柳宗元集》中有八篇辨文，其中《桐叶封弟辨》乃名篇之一。首先，本文开篇便摆出了"桐叶封弟"的典故，由此尖锐地提出问题：臣子应如何辅佐君王？君王的戏言是否应该被奉为金科玉律来绝对地服从、执行？接着，柳宗元通过层层驳问来阐明自己的观点，即周公在此事的处理上是不妥当的，"王者之德，在行之何若"，如果君主犯了错误，就应敦促其改正，如果君主的言行是正确的，就应让他不要偏动。最后，作者从容立论，提出辅佐君王应归之于"大中之道"。全篇文气宏放通畅，逻辑严密，以古论今，切合了当时唐代的政治生态和社会现实。本文也说明作者具有怀疑正统的精神。

答韦中立论师道书① 柳宗元

二十一日宗元白：

辱书云欲相师②。仆道不笃③，业甚浅近，环顾其中，未见可师者。虽常好言论，为文章，甚不自是也④。不意吾子自京师来蛮夷间⑤，乃幸见取⑥。仆自卜固无取⑦，假令有取，亦不敢为人师。为众人师且不敢⑧，况敢为吾子师乎?

【注释】 ①韦中立：唐州刺史韦彪之孙，于元和十四年（公元819年）中进士。元和八年（公元813年），他请求柳宗元做他的老师，这篇文章就是柳宗元回复他的信。②辱：谦词，承蒙。相（xiàng）师：选择我做老师。相，选择。③仆：我，用来自称的谦词。笃：专精。④自是：自以为是，这里指自信。⑤自京师来蛮夷间：柳宗元谪居永州时，韦中立曾从长安来找他。⑥见取：荣幸地被认为有可取之处，这里指韦中立要拜柳宗元为师。见，用在动词前面，表示谦让、客套。⑦自卜：自己估量自己。无取：没有可取之处。⑧众人：一般人、普通人。陈继儒《珍珠船》："真人之心，若珠在渊；众人之心，若瓢在水。"

孟子称"人之患在好为人师①"。由魏、晋氏以下，人益不事师。今之世，不闻有师。有，辄哗笑之②，以为狂人③。独韩愈奋不顾流俗，犯笑侮④，收召后学⑤，作《师说》，因抗颜而为师⑥。世果群怪聚骂，指目牵引⑦，而增与为言辞⑧。愈以是得狂名，居长安，炊不暇熟⑨，又挈挈而东⑩。如是者数矣⑪。屈子赋曰："邑犬群吠，吠所怪也⑫。"仆往闻庸、蜀之南⑬，恒雨少日，日出则犬吠，余以为过言⑭。前六七年，仆来南。二年冬⑮，幸大雪，逾岭被南越中数州⑯。数州之犬，皆苍黄吠噬狂走者累日⑰，至无雪乃已，然后始信前所闻者。今韩愈既自以为蜀之日，而吾子又欲使吾为越之雪，不以病乎⑱？非独见病，亦以病吾子⑲。然雪与日岂有过哉？顾吠者犬耳⑳。度今天下不吠者几人㉑？而谁敢衒怪于群目㉒，以召闹取怒乎㉓？

【注释】　①此句出于《孟子·离娄上》，杨伯峻注："人的毛病在于喜欢做别人的老师。"②哗笑：众人放声大笑。③狂人：狂妄无知之人。④笑侮：嘲笑戏弄。⑤收召：招收。⑥抗颜：严正不屈的样貌。⑦指目牵引：这句话是说人们见到韩愈就指手画脚、递眼色，并相互拉扯示意。指目，手指而目视。牵引，拉扯。⑧而增与为言辞：这指人们添油加醋地说些话来毁谤韩愈。⑨炊不暇熟：饭都来不及煮熟，形容十分匆忙。⑩挈（qiè）挈：急切貌。⑪数：屡次。⑫语出《楚辞·九章·怀沙》，原文为："邑犬之群吠兮，吠所怪也。"谓见闻少，遇不常见的事物多以为怪。⑬往闻：从前听说。庸、蜀：皆古国名，庸在川东夔州一带，蜀在成都一带，这里泛指四川。⑭过言：过于夸大的言辞，指言过其实。⑮二年冬：元和二年（公元807年）冬天。⑯被：用作动词，覆盖。南越：泛指今广西、广东一带。⑰苍黄：同"仓皇"，形容张皇失措的样子。⑱不以病乎：不是太不妥当了吗？以，同"已"，太甚。病：有问题，不妥。⑲以上两句话的意思是，不仅仅是我会被弄得陷入困境，你也会受到牵连。见：在这里表被动。病：皆指困境，第二个"病"在这里是使役形态，即"使吾子病"。吾子：对对方的敬爱之称，一般用于男子之间。⑳顾：只是。㉑度（duó）：丈量、推算。㉒衒（xuàn）：显露。群目：指世俗众人。㉓召闹取怒：招惹麻烦，受人怪怒。

仆自谪过以来①，益少志虑。居南中九年②，增脚气病，渐不喜闹。岂可使呶呶者早暮咈吾耳③，骚吾心④？则固僵仆烦愦⑤，愈不可过矣！平居望外遭齿舌不少⑥，独欠为人师耳。

【注释】　①谪过：因罪过而被贬官。②南中：泛指南方。③呶（náo）呶：喋喋不休、喧闹嚣乱。咈（fú）：同"拂"，违逆。④骚：扰乱。⑤固僵仆烦愦（kuì）：指我原本已历经坎坷，心绪烦乱。僵仆，倒下。愦，心乱。⑥平居：平日、平素。望外：意料之外。

抑又闻之，古者重冠礼①，将以责成人之道②，是圣人所尤用心者也。数百年来，人不复行。近有孙昌胤者，独发愤行之。既成礼，明日造朝③，至外廷④，荐笏言于卿士曰⑤："某子冠毕⑥。"应之者咸忓然⑦。京兆尹郑叔则怫然曳笏却立⑧，曰："何预我耶⑨？"廷中皆大笑。天下不以非郑尹而快孙子⑩，何哉？独为所不为也。今之命师者大类此。

【注释】　①冠礼：古代男子二十岁（天子、诸侯可提前至十二岁）举行的加冠之礼，表示其成人。《礼记·冠义》："古者冠礼，筮日筮宾，所以敬冠事。"②责：要求。③造朝：到朝廷去。④外廷：群臣等候上朝的地方。⑤荐笏（hù）：把笏插在衣带里。荐，插。笏，古代臣朝见君时所执的狭长板子，一般用玉、象牙、竹木等制成。⑥某：孙昌胤自称。⑦咸：全、都。忓（wǔ）然：惊怪、莫名其妙的样子。⑧京兆尹：官名，汉代以来，历朝均以京城所在州为京兆，而管辖京兆地区的行政长官则称为京兆尹，职权相当于郡太守。怫（fú）然：生气、不高兴的样子。曳笏：指垂下一只手拿着笏。曳，拖着。却：后退。⑨何预我耶：与我有什么关系呢？预，关涉、牵连。⑩非：意动用法，即以郑尹所说的话为非。快：意动用法，以孙子的行冠礼为快。

　　吾子行厚而辞深①，凡所作，皆恢恢然有古人形貌②。虽仆敢为师，亦何所增加也？假而以仆年先吾子③，闻道著书之日不后，诚欲往来言所闻④，则仆固愿悉陈中所得者⑤。吾子苟自择之，取某事去某事则可矣。若定是非以教吾子，仆材不足，而又畏前所陈者，其为不敢也决矣。吾子前所欲见吾文，既悉以陈之，非以耀明于子，聊欲以观子气色，诚好恶何如也⑥。今书来，言者皆大过⑦。吾子诚非佞誉诬谀之徒⑧，直见爱甚故然耳⑨。

　　【注释】　①行厚：行为敦厚。辞深：文辞深妙。②恢恢然：宽阔广大貌，此处指气象宏大。③假而：假如。清胡鸣玉《订讹杂录·假而》："'假而'二字，今人习用，不如其为'假如'也……方崧卿谓'而'字应读'如'，古'而'、'如'通用。"年先吾子：年岁比你长。④诚欲往来言所闻：若真想和我交往，交流各自的见解、学问。⑤中：心中。⑥好（hào）：喜欢。恶（wù）：讨厌。⑦言者皆大过：（赞誉我文章的）话太过分了。⑧佞誉：曲意赞美。诬谀：谓以不实之词奉承人。⑨直：只不过。见爱：被你喜爱。

　　始吾幼且少，为文章，以辞为工①。及长，乃知文者以明道，是固不苟为炳炳烺烺②，务采色③，夸声音④，而以为能也。凡吾所陈，皆自谓近道⑤，而不知道之果近乎远乎？吾子好道而可吾文⑥，或者其于道不远矣。故吾每为文章，未尝敢以轻心掉之⑦，惧其剽而不留也⑧；未尝敢以怠心易之⑨，惧其弛而不严也⑩；未尝敢以昏气出之⑪，惧其昧没而杂也⑫；未尝敢以矜气作之⑬，惧其偃蹇而骄也⑭。抑之欲其奥⑮，扬之欲其明⑯，疏之欲其通⑰，廉之欲其节⑱，激而发之欲其清⑲，固而存之欲其重⑳。此吾所以羽翼乎道也㉑。本之《书》以求其质㉒，本之《诗》以求其恒㉓，本之《礼》以求其宜㉔，本之《春秋》以求其断㉕，本之《易》以求其动㉖。此吾所以取道之原也㉗。参之谷梁氏以厉其气㉘，参之孟荀以畅其支㉙，参之庄老以肆其端㉚，参之《国语》以博其趣㉛，参之《离骚》以致其幽㉜，参之太史公以著其洁㉝。此吾所以旁推交通㉞，而以为之文也。凡若此者，果是耶，非耶？有取乎，抑其无取乎？吾子幸观焉择焉，有余以告焉㉟。苟亟来以广是道㊱，子不有得焉，则我得矣，又何以师云尔哉㊲？取其实而去其名，无招越、蜀吠怪，而为外廷所笑，则幸矣。宗元复白。

【注释】 ①以辞为工：这指柳宗元早年喜写骈体文，讲究文辞的华丽。辞，文辞。工，巧、精。②不苟为：不只是为了。炳（bǐng）炳烺（lǎng）烺：文采鲜明貌。③采色：文辞色彩艳丽。④声音：指文章的声韵。⑤近道：近于文章之正道。⑥可：意动用法，认为可以。⑦轻心：轻率，漫不经心。掉：摇摆，指放纵。后有"掉以轻心"的说法。⑧剽（piāo）：轻浮。⑨怠：轻慢，不严肃。⑩弛：松弛。严：严谨。⑪以昏气出之：指思路不清晰、精神状态不佳的状态下写文章。⑫昧没：晦暗不明，指文意隐晦。⑬矜气：心浮气躁、骄矜自负的状态。⑭偃（yǎn）蹇（jiǎn）：骄傲、傲慢。《左传·哀公六年》："彼皆偃蹇，将弃子之命。"杜预注："偃蹇，骄傲。"⑮抑之欲其奥：写文时适当收敛笔锋，以求文章含蓄婉转。抑，抑制。奥，深奥，此指含蓄。⑯扬之欲其明：适当发挥，让文章晓畅明快。扬，发扬。这里"抑"、"扬"并举，说明文章既要含蓄又要明快。⑰疏之欲其通：写作时要注意梳理思路，力求文意通畅。⑱廉之欲其节：删削烦冗，让文章简洁精练。廉，指收敛，删繁就简之义。从"疏"到"廉"是说文章既要畅达又要简洁。⑲激而发之欲其清：扬去浊气，让文章呈现出清秀拔俗之气。激，水激起浪花，比喻扬去污浊。⑳固而存之欲其重：凝聚精华并保存在作品中，使文章沉厚而有韵致。固，凝聚。㉑此吾所以羽翼乎道也：这些技巧都是我用来实现"文以明道"的辅助手段。羽翼：辅助。道：指圣人之道。与后文的"取道之原"相呼应。㉒《书》：指《尚书》。质：质朴、朴实。㉓《诗》：指《诗经》。恒：常，久。柳宗元认为《诗经》有永恒的情理。㉔《礼》：指三礼，《周礼》、《仪礼》、《礼记》。宜：合理。㉕断：判断，指辨别是非。㉖《易》：指《周易》。动：运动、变化。㉗原：本源、根源。㉘谷梁氏：指《春秋谷梁传》。厉：磨炼、砥砺。气：文章的气韵。㉙孟荀：指《孟子》、《荀子》。畅其支：疏通文章的条理。支，同"枝"，此处指文章条理。㉚庄老：指《庄子》与《老子》。肆其端：发散文章的思路。肆，放纵、放开。端，头绪、思路。㉛博：大，这里是使动用法。趣：意趣、情味。㉜致其幽：穷尽文章的幽微。㉝太史公：指司马迁著的《史记》。著其洁：显现文章的简洁，柳宗元认为《史记》的文章简洁精练。著，彰明。㉞旁推交通："谷梁"以上所列为儒家经典，因而用的"本"字；其下俱为子史典籍，用的是"参"字。可见柳宗元认为文章的核心道理应来源于"五经"，而文章作法则可向子史借鉴。交通：融会贯通。㉟余：闲暇。㊱亟来：常常来信。亟，常常、屡次。道：上文所述的作文之道。㊲子不有得焉，则我得矣，又何以师云尔哉：你不能从我的信件而有所得，而我却可以因你的帮助有新的收获，那么又何必称我为师呢？

【点评】 本篇可以分为两个部分：第一到第四段谈"师之道"，第五、六段谈"文之道"。其中，第二部分是本文的核心。柳宗元是唐代古文运动的领导者之一，在本文中他一方面细述了自己文风的变化，即年少时喜写骈体文，"及长"（主要是被贬永州后）文体发生了变化，开始提倡古文，反对"骈四俪六，锦心绣口"（《乞巧文》）的骈体文。另一方面，他鲜明地提出了"文者以明道"的主张，文是表达"道"的手段，而"道"乃"文"的核心内容，这里的"道"主要是指儒家思想，这与韩愈的"文以载道"是一致的。文中还提到了许多创作心得、技法，值得我们借鉴学习，比如在"抑"和"扬"之间让文章既含蓄又明快，在"疏"和"廉"之间让文章既畅达又简洁，在"激"和"固"之间让文章既轻盈又厚重等等。

需要注意的是，在谈到"文者以明道"时，柳宗元并未将《谷梁传》列入"取道之原"的儒家经典中，而是将其归于应作为参考的第二类文献。此处涉及中唐疑经思潮的诸多问题。隋炀帝时始以"明经"科取士，之后唐承隋制，将《三礼》（《周礼》、《仪礼》、《礼记》），《三传》（《左传》、《公羊传》、《谷梁传》），以及《易》、《书》、《诗》，并称为"九经"。柳宗元在文中只列了五经，而将《谷梁传》踢开，表明了他不以传注（包括《左传》、《公羊传》）为经的立场。这主要是受到了王通、刘知几、啖助等新"《春秋》学"派的影响，他们反对以己意代替圣人之意的传统经传解释。从柳宗元其他的文章中也可以屡屡见到其对"俗儒"、"陋儒"的猛烈批判，他将这些拘守章句、严分家法的"章句师"讥讽为"党枯竹，护朽骨"（《唐故给事中皇太子侍读陆文通先生墓表》），主张撇开汉学传注，重新解释五经。因而可以说，在儒学从"汉学"向"宋学"转变的潮流中，柳宗元是独有建树的人物。

段太尉逸事状 柳宗元

太尉始为泾州刺史时①，汾阳王以副元帅居蒲②。王子晞为尚书③，领行营节度使④，寓军邠州⑤，纵士卒无赖⑥。邠人偷嗜暴恶者⑦，率以货窜名军伍中⑧，则肆志⑨，吏不得问。日群行丐取于市⑩，不嗛⑪，辄奋击折人手足⑫，椎釜鬲瓮盎盈道上⑬，袒臂徐去，至撞杀孕妇人⑭。邠宁节度使白孝德以王故⑮，戚不敢言⑯。

【注释】　①太尉：官职名，为正一品，唐代以太尉、司徒、司空为三公，但已非实职。此处指段秀实，字成公，生于719年，唐朝中期名将。783年，泾原地方士兵兵变，朱泚占据长安，唐德宗仓皇出逃到奉天（今陕西乾县），朱泚围攻奉天一月有余，未果后退守长安。段秀实被朱泚逼做伪官，初时与左骁卫将军刘海宾、泾原都虞侯何明礼、孔目官岐灵岳等密谋兵变诛杀朱泚，迎接德宗回朝。然而事情败露，岐灵岳独自承担罪名而死。之后，朱泚传召众人商议称帝之事，段秀实痛骂朱泚，并以朝笏猛击朱泚额头，遂被杀害。唐德宗听闻段秀实死讯，甚为悔恨，下令追赠他为太尉，谥号忠烈。777年，段秀实被授任泾州（在今甘肃省泾川县北）刺史。②汾阳王：即郭子仪，762年太原、绛州兵变之际，他被封为汾阳王，出镇绛州，不久其兵权被解除；763年，郭子仪再度被任命为关内河东副元帅、河中节度使，治河中。居蒲：指郭子仪的官邸在蒲州（今山西省永济县）。③王子晞：汾阳王郭子仪之子郭晞，年少时就随其父征伐杀敌，安史之乱时，曾奉诏平乱，功勋显著。④领：兼任。节度使：官名，唐初沿北周及隋时旧制，在重要地区设立总管，后改称为都督，总理数州的军事。安史之乱后遍设于国内。一节度使统管一道或数州，总揽军、民、财政。⑤寓军：在辖区之外驻军。邠（bīn）州：相当于今陕西彬县、长武、旬邑、永寿四县地。⑥纵：放任。无赖：作动词用，指行无赖犯法之事。⑦偷：巧诈，不厚道。嗜：贪婪。暴恶者：残暴凶恶的人。⑧货：指财物，此处指贿赂。窜名：指以不正当手段列名其中。⑨肆志：肆意妄为。⑩丐取：强取、勒索。⑪嗛（qiè）：通"慊"，满足。⑫辄：立即，就。奋击：奋力攻击。⑬椎（chuí）：捶击的工具，也用作动词，即用椎打击。釜：炊器，犹锅。鬲（lì）：一种炊器，三足中空而曲。瓮（wèng）：盛酒的陶器。盎（àng）：盆类盛器。盈：堆满。⑭撞杀：因撞击而致死。⑮白孝德：本是安西胡人，少年从军，追随唐朝名将李光弼，为其副将，官至北庭行营节度使，又徙邠宁节度使。累封昌化郡王，历太子少傅卒。⑯戚不敢言：心中忧虑而不敢言说。

太尉自州以状白府①，愿计事②。至则曰："天子以生人付公理③，公见人被暴害，因恬然。且大乱④，若何⑤？"孝德曰："愿奉教⑥。"太尉曰："某为泾州⑦，甚适，少事，今不忍人无寇暴死⑧，以乱天子边事⑨。公诚以都虞侯命某者⑩，能为公已乱⑪，使公之人不得害。"孝德曰："幸甚！"如太尉请⑫。

【注释】　①状：陈述事实的一种官方文书。白：禀告、陈述。府：

指邠宁节度使官府。②愿计事：愿意商计公事。③生人：指百姓。付：托付。公：指白孝德。理：治理，唐代为避高宗李治名讳，用"理"代"治"。④且：将要。⑤若何：如何，怎么办。⑥奉教：接受教导。战国乐毅《报燕惠王书》："臣虽不佞，数奉教于君子矣。"⑦某为泾州：我为泾州刺史时。某，为自称之词，指代"我"。⑧无寇暴死：没有遇到寇乱却突然遇害。⑨边事：边防事务。⑩都虞侯：官职名，在军中担任执法之事。⑪已：停止，此处指制止。⑫如太尉请：按照太尉段秀实所请求的那样去做。

既署一月①，晞军士十七人入市取酒②，又以刃刺酒翁③，坏酿器，酒流沟中。太尉列卒取十七人④，皆断头注槊上⑤，植市门外⑥。晞一营大噪⑦，尽甲⑧。孝德震恐，召太尉曰："将奈何？"太尉曰："无伤也⑨，请辞于军⑩。"孝德使数十人从太尉，太尉尽辞去。解佩刀，选老躄者一人持马⑪，至晞门下。甲者出，太尉笑且入曰："杀一老卒，何甲也？吾戴吾头来矣！"甲者愕。因谕曰⑫："尚书固负若属耶⑬？副元帅固负若属耶？奈何欲以乱败郭氏⑭？为白尚书⑮，出听我言。"

【注释】 ①署：兼摄，指暂任某官职。②取：强取豪夺。③酒翁：《资治通鉴》胡省三注："酒翁，酿酒者也。今人呼为'酒大工'。"④列卒：陈兵布阵。取：捉拿。⑤注槊（shuò）：砍下头颅插在长矛上。⑥植：竖立。市门：古代市场出入有门，并按时开关。⑦大噪：大声喧闹，骚乱不安。⑧甲：披上战甲。⑨无伤：没有什么关系。⑩辞：解说、辩解，此处作动词用。⑪老躄（bì）：年老且跛足。⑫谕：开导。⑬尚书：当时郭晞兼任检校工部尚书。固：岂，难道。负：辜负。若属：汝辈，你们。⑭奈何欲以乱败郭氏：（你们）为什么要去胡作非为败坏郭家的名声呢？⑮为白尚书：替我禀告尚书（郭晞）。

晞出见太尉。太尉曰："副元帅勋塞天地，当务始终①。今尚书恣卒为暴②，暴且乱③，乱天子边，欲谁归罪④？罪且及副元帅⑤。今邠人恶子弟以货窜名军籍中，杀害人，如是不止，几日不大乱？大乱由尚书出，人皆曰，尚书倚副元帅不戢士⑥，然则郭氏功名其与存者几何？"言未毕，晞再拜曰："公幸教晞以道，恩甚大，愿奉军以从⑦。"顾叱左右曰："皆解甲，散还火伍中⑨，敢哗者死⑩！"太尉曰："吾未晡食⑪，请假设草具⑫。"既食，曰："吾疾作⑬，愿留宿门下。"命持马者去，旦日来⑭。遂卧军中。晞不解衣，戒候卒击柝卫太尉⑮。旦，俱至孝德所，谢不能⑯，请改过。邠州由是无祸。

【注释】　①当务始终：应该让好名声有始有终。②恣：放纵。③暴且乱：凶暴之事将引发动乱。④欲谁归罪：将让谁来承担罪责呢？⑤及：殃及、牵累。⑥戢（jí）士：管束兵士。⑦奉军以从：率领全军遵从您所说的道理。⑧顾叱左右：回过头呵斥左右全副武装的士卒。⑨火伍：指队伍，古代兵制，以五人为伍，以十人为火。⑩敢哗者死：胆敢喧哗闹事的人一律处死。⑪晡（bū）食：指吃晚饭。晡，指申时。⑫请假设草具：请借（军中之地）安排一顿粗简的晚饭。草具，粗劣的饭食，在这里是自谦客气的用法。《战国策·齐策四》："左右以君贱之也，食以草具。"⑬疾作：疾病发作。⑭旦日：明天，第二天。⑮柝（tuò）：古代巡夜人用以敲击报更的木梆。⑯谢不能：抱歉自己没有治理军队的能力。

先是，太尉在泾州，为营田官①。泾大将焦令谌取人田，自占数十顷，给与农，曰："且熟，归我半。"是岁大旱，野无草，农以告谌。谌曰："我知人数而已，不知旱也。"督责益急。农且饥死，无以偿，即告太尉。

【注释】　①营田官：官职名，管理田政的官员，下属于节度使。唐朝兵制，驻军万人以上置营田副使一人，掌管军队屯垦。

太尉判状辞甚巽[①]，使人求谕谌[②]。谌盛怒，召农者曰："我畏段某耶？何敢言我！"取判铺背上[③]，以大杖击二十，垂死，舆来廷中[④]。太尉大泣曰："乃我困汝[⑤]！"即自取水洗去血，裂裳衣疮[⑥]，手注善药[⑦]，旦夕自哺农者[⑧]，然后食。取骑马卖，市谷代偿[⑨]，使勿知。

【注释】　①判状：判案文书。巽（xùn）：谦恭。②使人求谕谌：派人请求并劝告谌。③取判铺背上：将判状置于那个农民的背上。④舆（yú）来廷中：用车将农民送到段秀实的官署。舆，用车运载。⑤困：用作动词，使受困苦。⑥裂裳衣（yì）疮：撕裂衣裳用以包扎（农民的）伤口。衣，用作动词，意为包扎、裹扎。⑦手注善药：亲手敷上好药。注，敷药。⑧哺：喂食。⑨市谷代偿：购买粮谷以替农民偿还（焦令谌）。

淮西寓军帅尹少荣[①]，刚直士也，入见谌，大骂曰："汝诚人耶？泾州野如赭[②]，人且饥死，而必得谷，又用大杖击无罪者。段公，仁信大人也[③]，而汝不知敬。今段公唯一马，贱卖市谷入汝[④]，汝又取不耻[⑤]。凡为人，傲天灾[⑥]，犯大人[⑦]，击无罪者，又取仁者谷，使主人出无马，汝将何以视天地，尚不愧奴隶耶！"谌虽暴抗[⑧]，然闻言则大愧流汗，不能食，曰："吾终不可以见段公！”一夕，自恨死。

【注释】　①淮西寓军帅：从淮西地区调驻泾州部队的将领。②赭（zhě）：原指赤红色，此处用以形容田野干旱、荒芜得如赤土一般。③仁信：仁爱诚实。大人：德行高尚之人。④贱卖市谷入汝：用贱卖了马的钱买粮谷给你。⑤取不耻：收下粮谷而不知羞耻。⑥傲天灾：对天灾不以为然。傲，轻视。⑦犯：冒犯。⑧暴抗：暴猛抗直。

及太尉自泾州以司农征①，戒其族：过岐，朱泚幸致货币②，慎勿纳③。及过，泚固致大绫三百匹④，太尉婿韦晤坚拒，不得命⑤。至都，太尉怒曰：“果不用吾言！”晤谢曰：“处贱⑥，无以拒也。”太尉曰：“然终不以在吾第。”以如司农治事堂⑦，栖之梁木上⑧。泚反⑨，太尉终⑩，吏以告泚，泚取视，其故封识具存⑪。

【注释】　①以司农征：建中元年（公元780年），宰相杨炎想修筑原州城，开挖陵阳渠，便询问段秀实是否可行。段秀实认为春天不宜征用劳役，请求待农闲时再作商议。杨炎认为他反对自己的计划，就征召段秀实入朝任司农卿，夺去他的兵权。②幸：假使、倘若。《汉书·高帝纪下》：“诸侯王幸以为便于天下之民，则可矣。”致：赠送、给予。③慎：千万，无论如何。与“无”、“毋”、“勿”等连用，表示提醒、警戒，如《史记·高祖本纪》：“若汉挑战，慎勿与战，无令得东而已。”④固：执意、坚决。大绫：一种丝织品。⑤不得命：得不到允许，指无法推辞。⑥处贱：地位低下。⑦以如司农治事堂：（差人）把大绫送到司农卿的官衙。如，往、去。⑧栖之梁木上：将大绫安放在房梁上。⑨反：叛乱。⑩终：亡故。⑪故：原先、原来。封识（zhì）：封缄并加上标记。

太尉逸事如右①。

【注释】 ①逸事：指散失沉没而不为世人所知的事迹，多指未经史书正式记载的事迹。如右：旧时的书写习惯是按竖行由右往左书写在卷轴上，已经写好的部分在右边。

　　元和九年月日①，永州司马员外置同正员柳宗元谨上史馆②。今之称太尉大节者，出入以为武人一时奋不虑死③，以取名天下，不知太尉之所立如是。宗元尝出入岐、周、邠、鄠间④，过真定⑤，北上马岭⑥，历亭鄣堡戍⑦，窃好问老校退卒⑧，能言其事⑨。太尉为人姁姁⑩，常低首拱手行步，言气卑弱⑪，未尝以色待物⑫，人视之儒者也。遇不可⑬，必达其志⑭，决非偶然者。会州刺史崔公来⑮，言信行直⑯，备得太尉遗事，复校无疑⑰。或恐尚逸坠，未集太史氏⑱，敢以状私于执事⑲。谨状⑳。

【注释】 ①元和九年月日：814年某月某日。②员外置：正员以外设置的官职。同正员：地位待遇与正员一样。③出入：大抵，不外乎。一时奋不虑死：一时奋勇，不顾虑生死。④尝出入：曾经往来于。岐：州名，治所在今陕西省凤翔县南。周：在今陕西省岐山境内。鄠（tái）：在今陕西省武功县。⑤真定：或为"真宁"之误，唐时县名，在今甘肃省正宁县。⑥马岭：即马岭山，在今甘肃省庆阳县境内。⑦历：经历。亭鄣（zhàng）：古代边塞要地设置的堡垒。堡戍：守边兵士驻守瞭望的碉堡和角楼。⑧老校：旧称年老或任职已久的下级军官。退卒：退伍的兵士。⑨能言其事：（老校退卒）能够说一些段太尉的事迹。⑩姁姁（xǔ）：和悦的样态。⑪言气卑弱：言语神气谦卑柔顺。⑫未尝以色待物：从未用严厉的神态去待人接物。色，指脸色、神态等。⑬遇不可：

遇到不准许、不应当做的事情，即违法乱纪的事情。⑭必达其志：一定会坚持自己的原则。⑮会：恰逢。州刺史崔公：指永州刺史崔能。⑯言信行直：言而有信，行为正直。⑰复校：复查、核对。⑱太史氏：指史官。⑲敢以状私于执事：所以敢于将这些逸事写成文书，私下呈交于您。敢，谦词，犹冒昧。执事，供差遣、役使的人，此处指韩愈，不直接指称，以表示对对方的尊重。⑳谨状：行状、书状结尾常用语，谓敬谨陈述。

【点评】 此篇是柳宗元人物传记类文章中的代表作。作者通过三件逸事细腻刻画出段秀实刚勇有谋、仁厚爱民、忠正不阿的个性：一是做泾州刺史时勇闯蛮横闹事的邠州军营，严正执法，为当地百姓消除祸乱；二是做营田官时爱护当地的百姓，以仁德打动骄纵暴戾的焦令谌，令其羞愧而死；三是节显治事堂，坚决不受叛臣朱泚之礼。

此篇的文体为"状"，又称"行状"，是作者根据大量生活素材创作出来的一种传记，用以彰扬某人的生平事迹（包括名字、寿年、世系、爵里、行治等）。逸事状也是其中一种，不同于行状全面介绍人物，作者往往是选取几个特定的角度来记录某人的逸事。状具有一定的格式，需要在文末注明作者姓名及撰写的目的，例如本文最后一段就是如此。

朋党论　欧阳修

臣闻朋党之说，自古有之，惟幸人君辨其君子小人而已^①。大凡君子与君子以同道为朋^②，小人与小人以同利为朋，此自然之理也。

【注释】　①惟：只，仅仅。幸：希望。②大凡：大体而言，一般说来。

然臣谓小人无朋，惟君子则有之。其故何哉？小人所好者禄利也，所贪者财货也。当其同利之时，暂相党引以为朋者^①，伪也；及其见利而争先，或利尽而交疏，则反相贼害^②，虽其兄弟亲戚，不能相保。故臣谓小人无朋，其暂为朋者，伪也。君子则不然。所守者道义，所行者忠信，所惜者名节^③。以之修身，则同道而相益；以之事国，则同心而共济。终始如一，此君子之朋也。故为人君者，但当退小人之伪朋^④，用君子之真朋，则天下治矣。

【注释】　①党引：暗自勾结。②贼害：残害。③名节：名誉气节。

④退：清除、排斥。

尧之时，小人共工、驩兜等四人为一朋①，君子八元、八恺十六人为一朋②。舜佐尧，退四凶小人之朋，而进元、恺君子之朋，尧之天下大治。及舜自为天子，而皋、夔、稷、契等二十二人并列于朝③，更相称美④，更相推让，凡二十二人为一朋，而舜皆用之，天下亦大治。《书》曰⑤："纣有臣亿万，惟亿万心；周有臣三千⑥，惟一心。"纣之时，亿万人各异心，可谓不为朋矣，然纣以亡国。周武王之臣，三千人为一大朋，而周用以兴。后汉献帝时⑦，尽取天下名士囚禁之⑧，目为党人⑨。及黄巾贼起⑩，汉室大乱，后方悔悟，尽解党人而释之，然已无救矣。唐之晚年，渐起朋党之论⑪。及昭宗时，尽杀朝之名士，或投之黄河，曰："此辈清流，可投浊流⑫。"而唐遂亡矣。

【注释】　①共工、驩兜（huān dōu）等四人：指共工、驩兜、鲧（gǔn）、三苗，即后文被舜放逐的"四凶"。②八元：上古高辛氏的八个才子。八恺（kǎi）：上古高阳氏的八个才子。③皋（gāo）、夔（kuí）、稷（jì）、契（xiè）：他们都是舜时的贤臣，皋掌管刑法，夔掌管音乐，稷掌管农业，契掌管教育。④更（gēng）相：互相。⑤《书》：即儒家经典《尚书》。⑥周：周武王，周代的开国明君。⑦后汉献帝：东汉的末代皇帝刘协。⑧尽取天下名士囚禁之：东汉桓帝时，宦官专权，拨弄朝政，陷害李膺等二百多位反对宦官的名士，将其逮捕囚禁。到灵帝时，李膺等一百多人被杀，六七百人受到株连，历史上称之为"党锢之祸"。⑨目：看作、视为。⑩黄巾贼：此指东汉末期张角领导的黄巾军。⑪朋党之论：唐穆宗至宣宗年间（公元821年—859年），统治集团内形成了牛僧孺为首的牛党和以李德裕为首的李党，朋党之间互相争斗，历时四十余年，史称"牛李党争"。⑫此辈清流，可投浊流：这是权臣朱温的谋士李振向朱温提出的建议。朱温在白马驿（今河南洛阳附近）杀大臣裴枢等七人，并将他们的尸体投入黄河。清流：指品行高洁的人。浊流：指品格卑污的人。

夫前世之主，能使人人异心不为朋，莫如纣；能禁绝善人为朋，莫如汉献帝；能诛戮清流之朋，莫如唐昭宗之世；然皆乱亡其国。更相称美推让而不自疑，莫如舜之二十二臣，舜亦不疑而皆用之。然而后世不诮舜为二十二人朋党所欺①，而称舜为聪明之圣者，以能辨君子与小人也。周武之世②，举其国之臣三千人共为一朋，自古为朋之多且大，莫如周，然周用此以兴者，善人虽多而不厌也③。

【注释】　①诮（qiào）：责备。②周武：周武王姬发。③厌：通"餍"，满足。

嗟呼！兴亡治乱之迹，为人君者，可以鉴矣①。
【注释】　①鉴：借鉴。

【点评】　欧阳修（1007年—1072年），字永叔，号醉翁、六一居士，吉州永丰（今江西省吉安市永丰县）人，北宋政治家、文学家。因吉州原属庐陵郡，故自称"庐陵欧阳修"。官至翰林学士、枢密副使、参知政事，谥号文忠，世称欧阳文忠公。后人又将其与韩愈、柳宗元和苏轼合称为"千古文章四大家"。

欧阳修继承并发展了韩愈的古文理论，开创了一代文风。据说欧阳修自幼便喜爱韩文，后来写作古文也以韩、柳为学习典范，但他并不盲目崇古，拘泥于陈法，他吸收了韩文"文从字顺"的一面，但反对其奇险深奥的文风。同时，欧阳修对骈体文的艺术成就并不一概否定。

本文创作于庆历四年（公元 1044 年），是欧阳修向宋仁宗上的一篇奏章，被认为是欧阳修最好的文章之一。当时，因欧阳修等人的弹劾，夏竦、吕夷简等人被免职，但他们在朝廷内还有很大的势力。为了反对改革，以夏竦为首的一伙保守派官僚就正式攻击范仲淹、欧阳修是"党人"。于是，欧阳修上了一篇奏章，叫《朋党论》，给夏竦等人以坚决的回击。《朋党论》这篇著名的政论文，在革新派与保守派的斗争中，是很有战斗意义的。

这篇文章开篇提出君子有朋，小人无朋的观点。作者就此定义了"朋党"，由此明确反击了政敌的攻击。紧接着，作者议论此理为何成立的理由，进而以古代的事例来辩护。将道理与事例相结合，作者的论点愈加可信。这是一篇针对当下的政论文，但全文并未出现有关当下的文字，所举的事例也都属当朝以外。他说："光乱治乱之迹，为人君者，可以鉴矣。"仿佛他仅仅是要还原一个事实。而对于身处当时政局的人而言，作者的用意不难被理解。那么，这样用于战斗的议论文并不显得咄咄逼人，也不给人一种张狂威猛的感觉，而这也正是传统士大夫注重个人修养的体现，哪怕面对的是可致自己于死地的政敌，也要设法保持从容。

《释秘演诗集》序　欧阳修

予少以进士游京师①，因得尽交当世之贤豪。然犹以谓国家臣一四海②，休兵革，养息天下以无事者四十年，而智谋雄伟非常之士，无所用其能者，往往伏而不出，山林屠贩③，必有老死而世莫见者，欲从而求之不可得。其后得吾亡友石曼卿④。

【注释】　①京师：当时北宋都城汴京，即今河南省开封市。②臣一：臣服统一。四海：指全国。③屠贩：屠夫和小商贩。④石曼卿：名延年，宋城（今河南商丘）人。

曼卿为人，廓然有大志，时人不能用其材，曼卿亦不屈以求合。无所放其意，则往往从布衣野老酣嬉淋漓，颠倒而不厌。予疑所谓伏而不见者，庶几狎而得之，故尝喜从曼卿游，欲因以阴求天下奇士①。

【注释】　①阴求：悄悄寻找。

浮屠秘演者①，与曼卿交最久，亦能遗外世俗②，以气节相高。二人欢然无所间^③。曼卿隐于酒，秘演隐于浮屠，皆奇男子也。然喜为歌诗以自娱，当其极饮大醉，歌吟笑呼，以适天下之乐，何其壮也！一时贤士，皆愿从其游，予亦时至其室。十年之间，秘演北渡河^④，东之济、郓^⑤，无所合，困而归，曼卿已死，秘演亦老病。嗟夫！二人者，余乃见其盛衰，则余亦将老矣！

【注释】 ①浮屠：梵语，指佛教。②遗外：遗弃。③间：隔阂。④河：黄河。⑤济、郓：济州、郓州，在今山东省。

夫曼卿诗辞清绝，尤称秘演之作，以为雅健有诗人之意^①。秘演状貌雄杰，其胸中浩然。既习于佛，无所用，独其诗可行于世。而懒不自惜，已老，胠其橐^②，尚得三、四百篇，皆可喜者。

【注释】 ①诗人：特指儒家经典《诗经》的作者。②胠：从旁边打开。橐：袋子。

曼卿死，秘演漠然无所向^①。闻东南多山水，其巅崖崛嶂^②，江涛汹涌，甚可壮也，欲往游焉。足以知其老而志在也。于其将行，为叙其诗，因道其盛时以悲其衰。

【注释】 ①漠然：寂然无声的样子。②巅崖：山峰和山崖。崛嶂（lū）：山势高峻陡峭。

庆历二年十二月二十八日庐陵欧阳修序。

【点评】 该文作于宋仁宗庆历二年（公元 1042 年）。欧阳修一生力辟佛老，认为"礼义者，胜佛之本也"。这也是文化史上值得思考的现象。即便像韩愈这样提倡避讳的人也有不少亲近佛门人士的经历。欧阳修说："智谋雄伟非常之士，无所用其能者，往往伏而不出。"未能得志的石曼卿和入佛门的秘演都是"非常之士"，他们不为当时的正统观念所限制，人生的路径也非一般人所能理解。士大夫们虽在朝为官，但又往往留心这些"非常之士"，由此在"常人"的生活之外增添些许色彩。

　　文章是为僧人秘演所作的一篇序文。全文共分三部分。首段写作者结识了亡友石曼卿。文章一开始，作者先由自己当年进京结交当世豪贤写起。天圣四年（公元 1026 年），欧阳修随州荐名礼部，到京城应试，因此有机会结交当代的贤良卓越人物。宋真宗景德初年（公元 1004 年—1007 年）到宋仁宗庆历初年（公元 1041 年—1048 年），这四十年，为北宋全盛时期，所以作者称此时为"国家臣一四海、休兵革、养息天下以无事者四十年"。石曼卿为人开朗豪放，胸怀大志，然而他的才华和本领却因得不到世人的发现而无法施展。曼卿本人也不屑于世俗的名声，不愿去迎合世人的赏识。因此他便同一些平民百姓饮酒作乐，借酒浇愁。作者同曼卿交游，一方面是仰慕他的才华和为人，同时也是为了借机寻访"天下奇士"。这一段里，没有出现秘演的名字。但是秘演的影子，已经在字里行间隐隐可见。从那些"伏而不出"的"智谋雄伟非常之士"中，那些"老死而世莫见者"的"山林屠贩"中，都可以看到秘演的存在。而从放浪形骸的石曼卿的身上，更可以看到秘演的身影，这就是作者结构文章的高明之处。作者叙写曼卿、秘演的事迹似乎是表明，自己挣扎于政坛而感到痛苦，他不能像他们那样不为世俗所累，彻底地按照自我的性情来生活。

《梅圣俞诗集》序　欧阳修

　　予闻世谓诗人少达而多穷①，夫岂然哉？盖世所传诗者，多出于古穷人之辞也。凡士之蕴其所有②，而不得施于世者，多喜自放于山巅水涯之外，见虫鱼草木风云鸟兽之状类，往往探其奇怪，内有忧思感愤之郁积，其兴于怨刺③，以道羁臣寡妇之所叹④，而写人情之难言。盖愈穷则愈工⑤。然则非诗之能穷人，殆穷者而后工也。

　　【注释】　①达：显达，主要是指仕途顺遂。穷：在仕途上困顿潦倒。②蕴其所有：怀抱理想与才华。③兴于怨刺：开始产生怨恨、讽刺的念头。④羁（jī）臣：即"羁旅之臣"，指旅居在外而无法归家的官员。⑤工：精致优美。

　　予友梅圣俞，少以荫补为吏①，累举进士，辄抑于有司②，困于州县，凡十余年。年今五十，犹从辟书，为人之佐，郁其所蓄，不得奋见于事业③。其家宛陵④，幼习于诗，自为童子，出语已惊其长老。既长，学乎六经仁义之说，其为文章，简古纯粹，不求苟说于世。世之人徒知其诗而已。然时无贤愚，语诗者必求之圣俞；圣俞亦自以其不得志者，乐于诗而发之，故其平生所作，于诗尤多。世既知之矣，而未有荐于上者。昔王文康公尝见而叹曰⑤："二百年无此作矣！"虽知之深，亦不果荐也。若使其幸得用于朝廷，作为雅、颂，以歌咏大宋之功德，荐之清庙⑥，而追商、周、鲁颂之作者，岂不伟欤！奈何使其老不得志，而为穷者之诗，乃徒发于虫鱼物类，羁愁感叹之言。世徒喜其工，不知其穷之久而将老也！可不惜哉！

【注释】　①荫：即荫封，因祖先功勋而得到官爵。②辄：总是。③奋见：发挥表现出来。④宛陵：今安徽省宣城县。⑤王文康公：王曙，字晦叔，号文康，河南人，宋仁宗时任宰相。⑥清庙：即太庙。古代帝王的宗庙。

圣俞诗既多，不自收拾。其妻之兄子谢景初，惧其多而易失也，取其自洛阳至于吴兴以来所作，次为十卷。予尝嗜圣俞诗，而患不能尽得之，遽喜谢氏之能类次也①，辄序而藏之。

【注释】　①类次：分类编排。

其后十五年，圣俞以疾卒于京师，余既哭而铭之①，因索于其家，得其遗稿千余篇，并旧所藏，掇其尤者六百七十七篇②，为一十五卷。呜呼！吾于圣俞诗论之详矣，故不复云。

【注释】　①铭：撰写墓志铭。②尤：优秀。

庐陵欧阳修序。

【点评】 梅圣俞，名尧臣，北宋诗人，是北宋诗文革新运动的领袖，其诗清新质朴，与苏舜钦齐名，陆游在《书宛陵集后》中称梅为唐代李白、杜甫之后的第一位作家，盛赞其诗"突过元和作"。梅圣俞是欧阳修的好友。两人发起诗文革新运动，反对浮靡文风。梅圣俞的诗歌理论及创作实践，曾对欧阳修的诗歌创作产生很大影响。梅圣俞一生困顿，得不到世人重视，死于嘉祐五年（公元 1060 年）。一年后，欧阳修为了表达对亡友的怀念，将他的诗编撰成《梅圣俞诗集》，并为之写了这篇序文。

这篇文章的主要观点在于"诗穷而后工"，所以它在后来不仅被看成是序文，更被视为一篇精彩的文论。首段即为作者的核心观点所在。他认为"非诗之能穷人，殆穷者而后工也。"这就是说，以为诗歌创作会使人窘困的观点是不正确的，只不过人处逆境不得志的时候才有可能创作出优秀的诗歌作品。作者再以此论来评述梅尧臣其人其诗。也正由于梅始终在仕途上不得志，发愤为诗，艺术造诣才达到相当高度。也正因作者不逢迎当局，往往能在作品中表达真情实感。

欧阳修这篇序文之所以历来受人推重，主要原因在于作者提出了"穷而后工"的创作思想。吴楚材等在《古文观止》中说："'穷而后工'四字，是欧公独创之言，实为千古不易之论。"欧阳修的"穷而后工"说，与司马迁的"发愤而作"说和韩愈的"不平则鸣"说，有异曲同工之妙。

《五代史伶官传》序^①　欧阳修

嗚呼！盛衰之理，虽曰天命，岂非人事哉！原庄宗之所以得天下^②，与其所以失之者，可以知之矣。

【注释】　①伶（líng）官：宫廷中的乐工、艺人。②原：推究、探究。庄宗：即五代时后唐庄宗李存勖，李克用长子，于后梁龙德三年（公元923年）称帝，国号唐。同年灭后梁。同光四年（公元926年），在兵变中被杀，在位仅三年。

世言晋王之将终也^①，以三矢赐庄宗^②，而告之曰："梁^③，吾仇也；燕王^④，吾所立；契丹与吾约为兄弟^⑤，而皆背晋以归梁。此三者，吾遗恨也。与尔三矢，尔其无忘乃父之志^⑥！"庄宗受而藏之于庙。其后用兵，则遣从事以一少牢告庙^⑦，请其矢，盛以锦囊，负而前驱，乃凯旋而纳之。

【注释】　①晋王：西域突厥族沙陀部酋长李克用。因受唐王朝之召镇压黄巢起义有功，后封晋王。②矢：箭。③梁：后梁太祖朱温，原是黄巢部将，叛变归唐，后封为梁王。④燕王：卢龙节度使刘仁恭之子刘守光，被朱温封为燕王。⑤契丹：居住在辽河上游的一个少数民族。

⑥乃父：你的父亲。⑦从事：原指州郡长官的僚属，这里泛指一般幕僚随从。少牢：只用一猪一羊祭祀。

方其系燕父子以组①，函梁君臣之首②，入于太庙③，还矢先王而告以成功④，其意气之盛，可谓壮哉！及仇雠已灭⑤，天下已定，一夫夜呼⑥，乱者四应，苍皇东出，未及见贼而士卒离散，君臣相顾，不知所归；至于誓天断发，泣下沾襟，何其衰也！岂得之难而失之易欤？抑本其成败之迹而皆自于人欤？《书》曰："满招损，谦受益。"忧劳可以兴国，逸豫可以亡身，自然之理也。故方其盛也，举天下之豪杰莫能与之争；及其衰也，数十伶人困之，而身死国灭，为天下笑。

【注释】　①组：绳子。②函：木盒子，这里作动词，意思是用木盒子盛物。③太庙：帝王的祖庙。④先王：指已去世的晋王李克用。⑤仇雠（chóu）：仇人。⑥一夫：指庄宗同光四年（公元926年）发动贝州兵变的军士皇甫晖。

夫祸患常积于忽微，而智勇多困于所溺，岂独伶人也哉！作《伶官传》。

【点评】　这篇文章是欧阳修为《五代史伶官传》撰写的一篇序文。《五代史伶官传》是记录乐工景修等人的一篇合传。这篇序文通过对后唐庄宗得天下、失天下经过的叙述，表达了"忧劳可以兴国，逸豫可以亡身"，"祸患常积于忽微，而智勇多困于所溺"的观点。这在文章末尾处提出，也是与前文"盛衰之理，虽曰天命，岂非人事哉"相呼应。作者认为，国家的盛衰，事业的成败，主要取决于人事。本文例据典型，具有说服力，并通过盛与衰，兴与亡，得与失等一系列对比，突出庄宗失败的根由所在，令人信服。

　　前人评价此文道："叙唐庄宗处，倏而英俊，倏而衰飒。凭吊欷歔，虽尺幅短章，有萦回无尽之意。"作者要巧妙地将有限的事迹浓缩在一篇短文里，不能不择其精要。这些典型的事迹又形成鲜明的对比，也才有"萦回无尽之意"。

相州昼锦堂记^①　欧阳修

仕宦而至将相^②，富贵而归故乡。此人情之所荣，而今昔之所同也。

【注释】　①相州：地名，今河南省安阳县。昼锦堂：《三国志·魏志·张既传》："出为雍州刺史，太祖曰：'还君本州，可谓衣绣昼行矣。'""衣绣昼行"，白天穿上华丽的衣服行走于大路之上。魏国公韩琦是相州人，以武康节度使身份回相州任知州，如"衣锦昼行"，所以修建了昼锦堂。②仕宦：为官。

盖士方穷时，困厄闾里^①，庸人孺子，皆得易而侮之^②。若季子不礼于其嫂^③，买臣见弃于其妻^④。一旦高车驷马^⑤，旗旄导前^⑥，而骑卒拥后，夹道之人，相与骈肩累迹^⑦，瞻望咨嗟；而所谓庸夫愚妇者，奔走骇汗，羞愧俯伏，以自悔罪于车尘马足之间。此一介之士，得志于当时，而意气之盛，昔人比之衣锦之荣者也。

【注释】　①困厄闾里：在乡里受困苦。②易：侮辱、怠慢。③季子不礼于其嫂：苏秦不被他的兄嫂以礼相待。据历史记载，苏秦游说秦王失败回家以后，他的妻子不为他缝衣，嫂子不为他做饭；但当他功成名就后，他的妻子便对他百依百顺，而他的嫂子还跪倒在地向他道歉。苏秦，字季子。④买臣见弃于其妻：朱买臣，西汉吴县人，曾以卖柴为生，妻子不能忍受穷困的生活，弃他而去，后来朱买臣做了大官，妻子回来要求复婚，朱便叫人端来一盆水泼在地上，让她再收回来。⑤高车驷马：达官显贵们的车乘。驷马，用四匹马拉的车。⑥旄（máo）：以牦牛尾装饰的旗子。⑦骈肩累迹：肩挨着肩，足迹重叠，形容路人多，互相拥挤。

惟大丞相魏国公则不然①：公，相人也，世有令德②，为时名卿。自公少时，已擢高科③，登显仕。海内之士，闻下风而望余光者，盖亦有年矣。所谓将相而富贵，皆公所宜素有；非如穷厄之人，侥幸得志于一时，出于庸夫愚妇之不意，以惊骇而夸耀之也。然则高牙大纛④，不足为公荣；桓圭衮冕，不足为公贵。惟德被生民，而功施社稷，勒之金石⑤，播之声诗，以耀后世而垂无穷，此公之志，而士亦以此望于公也。岂止夸一时而荣一乡哉！

【注释】　①魏国公：韩琦的封号。②令德：美好的品德。③已擢高科：已中了很高的科第。④高牙大纛（dào）：高官的仪仗队。牙，牙旗。纛，仪仗队的大旗。⑤勒之金石：将文字刻在钟鼎、石碑上面。

公在至和中①，尝以武康之节②，来治于相，乃作"昼锦"之堂于后圃。既又刻诗于石，以遗相人。其言以快恩仇、矜名誉为可薄，盖不以昔人所夸者为荣，而以为戒。于此见公之视富贵为何如，而其志岂易量哉！故能出入将相，勤劳王家，而夷险一节③。至于临大事，决大议，垂绅正笏④，不动声色，而措天下于泰山之安，可谓社稷之臣矣！其丰功盛烈，所以铭彝鼎而被弦歌者⑤，乃邦家之光，非闾里之荣也。

【注释】　①至和：宋仁宗的年号（公元 1010 年—1063 年）。②武康：地名。节：节度使。③夷险一节：太平的时候和患难的时候表现完全一样，形容修为好，不为外界的荣辱而动。④绅：官员束在衣外的带子。笏：古代大臣上朝拿着的手板。⑤彝鼎：钟鼎。

余虽不获登公之堂，幸尝窃诵公之诗，乐公之志有成，而喜为天下道也。于是乎书。

尚书吏部侍郎、参知政事欧阳修记。

【点评】　作者写作此文时，韩琦正担任丞相，而欧阳修供职于翰林院。两人都主张革新，有共同的情怀和抱负。就文章性质来说，《相州昼锦堂记》是一篇应酬文章，但作者为文婉转曲折，也别有风味，不像一般应酬文字那样直白无趣。

文章主旨要赞誉韩琦身居显位，不炫耀富贵，志在留清名于后世。同时，作者也贬斥了那些追求名利富贵、以衣锦还乡为荣的庸俗之辈。

作者采用了欲扬先抑的手法。作者说："此人情之所荣，而今昔之所同。"这是交代一种世间普遍存在的现象。然后举出古今例子来引证这个说法。就此来看，人们一般都有极为功利的心态，只以人富贵贫贱来作为待人的基本条件。同样是以官宦的身份回乡，韩琦却鄙弃那种炫耀富贵的庸俗作风。他回家兴建昼锦堂，那么，其"昼锦"的含义便与古今人有别，也突出了韩琦为人与世俗有别。作者由此表达了对韩琦的由衷赞美敬佩之情。

作者在本文的遣词造句上还留下一个典故。此文写作完成之后，欧阳修曾派人将一份稿件送给韩琦，声明之前的稿子还有纰漏，需要修改。韩琦反复核对两稿后发现，新的稿子只是在文章开头"仕宦"与"富贵"二词之后各添上一个"而"字，这是为了增强文章的音韵美感，使得读来更有抑扬顿挫的感觉。由此可见，作者为文之谨慎，有追求完美、精益求精的精神品质。

丰乐亭记^①　欧阳修

修既治滁之明年^②，夏，始饮滁水而甘。问诸滁人，得于州南百步之近。其上丰山，耸然而特立；下则幽谷，窈然而深藏^③；中有清泉，滃然而仰出^④。俯仰左右^⑤，顾而乐之。于是疏泉凿石，辟地以为亭，而与滁人往游其间。

【注释】　①丰乐亭：在今安徽滁州城西丰山北，为欧阳修被贬滁州后建造。②明年：第二年，即庆历六年（公元 1046 年）。③窈然：深远、幽深的样子。④滃（wěng）然：水势盛大的样子。⑤俯仰：环顾。

滁于五代干戈之际，用武之地也。昔太祖皇帝，尝以周师破李景兵十五万于清流山下，生擒其皇甫晖、姚凤于滁东门之外，遂以平滁^①。修尝考其山川，按其图记^②，升高以望清流之关^③，欲求晖、凤就擒之所。而故老皆无在者，盖天下之平久矣。自唐失其政，海内分裂，豪杰并起而争，所在为敌国者，何可胜数？及宋受天命，圣人出而四海一^④。向之凭恃险阻，铲削消磨，百年之间，漠然徒见山高而水清。欲问其事，而遗老尽矣！

【注释】 ①昔太祖……遂以平滁：956 年，宋太祖赵匡胤为后周大将，与南唐中主李璟的部将皇甫晖、姚凤会战于滁州清流山下，南唐部队败于滁州城。随后赵匡胤亲手刺伤皇甫晖，生擒皇甫晖、姚凤，夺下滁州城。②图记：地图与文字记录。③清流之关：在滁州西北清流山上，是宋太祖大破南唐兵的地方。④圣人：这里指宋太祖赵匡胤。

今滁介江淮之间，舟车商贾、四方宾客之所不至，民生不见外事，而安于畎亩衣食①，以乐生送死。而孰知上之功德，休养生息，涵煦于百年之深也。

【注释】 ①畎（quǎn）亩：田地、田野。

修之来此，乐其地僻而事简，又爱其俗之安闲。既得斯泉于山谷之间，乃日与滁人仰而望山，俯而听泉。掇幽芳而荫乔木，风霜冰雪，刻露清秀，四时之景，无不可爱。又幸其民乐其岁物之丰成，而喜与予游也。因为本其山川，道其风俗之美，使民知所以安此丰年之乐者，幸生无事之时也。

夫宣上恩德，以与民共乐，刺史之事也①。遂书以名其亭焉。

【注释】 ①刺史：官名，宋人习惯上作为知州的别称。

【点评】 宋仁宗庆历五年（公元 1045 年）八月，"庆历新政"失败，杜衍、范仲淹等主张新政的大臣相继被斥逐。欧阳修因上书为他们辩护，也被捏造罪名，贬于滁州。欧阳修三次遭贬使他对当时冷酷的社会现实有了比较清醒的认识；官场的倾轧，使他希图摆脱世俗纷扰，向往恬静的归隐生活。滁州在长江与淮河之间，正是"舟车商贾、四方宾客之所不至"的"闲处"，山高水清，风景宜人。这里地处偏僻，民风淳厚。欧阳修被贬至此，倒也悠闲自在。在这里，他尽情享受着山水之乐，大自然触发了他无拘无束的天性和丰富的感情。尽管他在政治斗争中失势，但对于宋代当下的和平局面非常自信，他将今日的局面与五代的乱局相比较，呼吁大家珍惜来之不易的和平。

　　全文情景交融，婉曲平易，妙丽轻柔。首段先描述滁州的景致，用"耸然"，"窈然"，"潺然"便将这里山水宜人的画面勾勒出来。中国古代的亭一般是园林山水中的建筑，点缀自然之美，又与周遭的环境相互融合。"辟地以为亭，而与滁人往游其间"，那么，丰乐亭的修建便是为了同与当地老百姓享受这山川之美。第二段比较五代与当下一乱一治的局面，衬托出今日之祥和来之不易。第三段顺着上面的叙述议论得出结论——"孰知上之功德，休养生息，涵煦于百年之深也。"第四段再回到眼前，讲述欧阳修修建丰乐亭的起因、状况。作者的视野时远时近，内容也显得摇曳生动。文章融记叙、议论、抒情和描写于一体，以"乐"开篇，以"乐"终结，贯穿始终。景怡人，情动人，理启人。

醉翁亭记　欧阳修

环滁皆山也①。其西南诸峰，林壑尤美②。望之蔚然而深秀者，琅琊也③。山行六七里，渐闻水声潺潺而泻出于两峰之间者，酿泉也④。峰回路转，有亭翼然临于泉上者⑤，醉翁亭也。作亭者谁？山之僧智仙也。名之者谁？太守自谓也⑥。太守与客来饮于此，饮少辄醉⑦，而年又最高，故自号曰醉翁也。醉翁之意不在酒，在乎山水之间也。山水之乐，得之心而寓之酒也。

【注释】　①环：围绕。滁：滁州，今安徽省滁州市琅琊区。②壑：山谷。③望之蔚然而深秀者，琅琊也：看上去树木茂盛，又幽深又秀丽的，是琅琊山。蔚然，草木茂盛的样子。④酿泉：泉水的名字。⑤翼然：像鸟张开翅膀的样子。⑥自谓：自称，用自己的名号来为之命名。⑦辄：就，立即。

若夫日出而林霏开①，云归而岩穴暝，晦明变化者，山间之朝暮也。野芳发而幽香，佳木秀而繁阴②，风霜高洁，水落而石出者，山间之四时也。朝而往，暮而归，四时之景不同，而乐亦无穷也。

【注释】 ①林霏：山中的雾气。②佳木秀而繁阴：好的树木枝繁叶茂，形成一片浓密的绿荫。

至于负者歌于途①，行者休于树，前者呼，后者应，伛偻提携，往来而不绝者，滁人游也。临溪而渔，溪深而鱼肥；酿泉为酒，泉香而酒洌②；山肴野蔌③，杂然而前陈者，太守宴也。宴酣之乐，非丝非竹，射者中，弈者胜，觥筹交错④，起坐而喧哗者，众宾欢也。苍颜白发，颓然乎其间者，太守醉也。

【注释】 ①负者：背着东西的人。②洌：水清。③野蔌（sù）：蔬菜。④觥筹交错：酒杯和酒筹相错杂。形容喝酒尽欢的样子。

已而夕阳在山，人影散乱，太守归而宾客从也。树林阴翳①，鸣声上下，游人去而禽鸟乐也。然而禽鸟知山林之乐，而不知人之乐；人知从太守游而乐，而不知太守之乐其乐也。醉能同其乐，醒能述以文者，太守也。太守谓谁？庐陵欧阳修也②。

【注释】 ①阴翳（yì）：形容枝叶茂密成荫。②庐陵：庐陵郡，即吉州，今江西省吉安市，欧阳修先世为庐陵大族。

【点评】 《醉翁亭记》作于宋仁宗庆历六年（公元1046年），当时欧阳修正任滁州太守。欧阳修一向支持韩琦、范仲淹、富弼等人参与推行新政的北宋革新运动，而反对保守派的吕夷简、夏竦等人。韩、范诸人在庆历五年（公元1045年）被先后贬官，欧阳修上书替他们分辩，由此落去朝职，被流放到当时的边远之地——滁州。欧阳修在滁州也取得了引人关注的政绩，使当地人过上了一种和平安定的生活。而此地有着好山好水，令人心生旷达之意。在这样一个混乱的时代，欧阳修寄情于山水，修建"醉翁亭"，与民同乐，把自己的心灵沉浸到闲适、恬淡的情境里，也使得文章如田园一般，淡雅自然，婉转流畅。

作者的描写有一条清晰的线索，从全景慢慢地收缩视野，然后具体到山间的泉水，最后几经回环，才在"峰回路转"之后出现临于泉上的一座玲珑剔透的亭子，即醉翁亭，而"翼然"两字，特别能够加强描述中的形象性，富于动感。欧阳修采用这种由大及小、层层深入的写法，有助于引起读者身临其境和探胜索幽的兴致。再往下，作者仍采用陈述句式，写出了建造亭子的人，并解释了"醉翁"二字的由来。欧阳修看来不是善饮之人，所以"饮少辄醉"，但为下文"醉翁之意不在酒，在乎山水之间也"的全篇主旨（与民同乐）伏了一笔。在最后一段作者写道，鸟儿知道山林里的快活，却不知道人们的快乐，人们知道跟随太守游玩的快乐，却不知道太守之所以快乐是因他能使滁州人民快乐，喝醉了酒能同滁人一起欢乐，醒了酒后能将欢乐的滁人记述到文章里的，是"庐陵欧阳修也"。

欧阳修注重文辞的凝练与雅致，这篇文章的写作过程也能有所说明。朱熹《朱子语类》记载道，欧阳修《醉翁亭记》的原稿上，"初说'滁州四面有山'，凡数十字，末后改定，只曰'环滁皆山也'五字而已"。改订之后的语言，不光没有改变原有的意思，还使得语言更加凝练。据说，滁州实际情况并非四面环山，但这不影响文学创作的发挥。另外，本文用了一些对偶句，读来更加朗朗上口，语言形式也显得活泼生动。

《醉翁亭记》已成为千古名篇，其中的一些语言也已成为大家熟知的成语，比如"醉翁之意不在酒"。

秋声赋　欧阳修

　　欧阳子方夜读书，闻有声自西南来者，悚然而听之①，曰："异哉！"初淅沥以萧飒②，忽奔腾而砰湃③，如波涛夜惊，风雨骤至。其触于物也，鏦鏦铮铮④，金铁皆鸣；又如赴敌之兵，衔枚疾走⑤，不闻号令，但闻人马之行声。余谓童子："此何声也？汝出视之。"童子曰："星月皎洁，明河在天，四无人声，声在树间。"

　　【注释】　①悚（sǒng）然：惊惧的样子。②淅沥：形容轻微的声音。③砰湃：通"澎湃"，波涛汹涌的声音。④鏦鏦（cōng）铮铮：金属相撞击所发出的声音。⑤衔枚：古时行军或袭击敌军时，让士兵衔枚以防出声。枚，形似竹筷，衔于口中，两端有带，系于脖上。

　　余曰："噫嘻悲哉！此秋声也，胡为而来哉？盖夫秋之为状也：其色惨淡，烟霏云敛；其容清明，天高日晶；其气栗冽①，砭人肌骨②；其意萧条，山川寂寥。故其为声也，凄凄切切，呼号愤发。丰草绿缛而争茂，佳木葱茏而可悦；草拂之而色变，木遭之而叶脱。其所以摧败零落者，乃其一气之余烈。夫秋，刑官也③，于时为阴；又兵象也，于行为金。是谓天地之义气，常以肃杀而为心。天之于物，春生秋实。故其在乐也，商声主西方之音④，夷则为七月之律。商，伤也，物既老而悲伤；夷，戮也，物过盛而当杀。

【注释】 ①栗冽：寒冷。②砭（biān）：古代用来治病的石针，这里作动词，表示刺的意思。③刑官：执掌刑狱的官。《周礼》把官职与天、地、春、夏、秋、冬相配，称为六官。秋天肃杀万物，所以司寇为秋官，执掌刑法，称刑官。④商：五音（宫、商、角、徵、羽）之一。

"嗟乎！草木无情，有时飘零。人为动物，惟物之灵，百忧感其心，万事劳其形，有动于中，必摇其精。而况思其力之所不及，忧其智之所不能，宜其渥然丹者为槁木①，黟然黑者为星星②。奈何以非金石之质，欲与草木而争荣？念谁为之戕贼，亦何恨乎秋声！"

【注释】 ①渥然：脸色红润的样子。②黟（yī）：黑。

童子莫对，垂头而睡。但闻四壁虫声唧唧，如助余之叹息。

【点评】 《秋声赋》作于嘉祐四年（公元1059年），欧阳修时年五十三岁，是他继《醉翁亭记》后的又一名篇。此文虽名为赋，但骈散结合，铺陈渲染，词采讲究，是古文家里的代表赋文。

文章先描述秋风的痕迹，且起首下笔极为自然。屋外的秋声引起了屋内主人的关注，便让书童到外面探视。描述秋声的时候，作者擅用比喻，一会儿"金铁皆鸣"，一会儿如"衔枚疾走"，由此可见秋声之变化。而书童不识秋声，作者恍然大悟，屋外的声响是由秋风而起。由此而引入下文的感叹。

下面一段夹叙夹议。先讲秋天的种种景象，进而讲到秋天所具有的一般寓意。但在紧接着的一段里面，作者转而亮出自己的观点，即"念谁为之戕贼，亦何恨乎秋声"。世人都爱借秋天悲叹自己美好年华的逝去，"悲秋"也成为中国文学史上的一大主题。文人们以此为题不知创作了多少作品，但本文作者却能另辟蹊径，认为人生不该过分追求利禄，以致损害了自我的生命。作者已经年老，对于世间功名也已能平和看待，而不必"悲秋"。这样的态度便不落俗套。全文一波三折，显示出了作者高明的写作技巧。

张益州画像记[①]　苏洵

至和元年秋[②]，蜀人传言有寇至，边军夜呼，野无居人，妖言流闻，京师震惊。方命择帅，天子曰："毋养乱，毋助变。众言朋兴[③]，朕志自定。外乱不作，变且中起，不可以文令，又不可以武竞，惟朕一二大吏。孰为能处兹文武之间，其命往抚朕师？"乃推曰：张公方平其人。天子曰："然。"公以亲辞[④]，不可，遂行。

【注释】　①张益州：宋朝南京人，字安道，官益州刺史。②至和：北宋仁宗赵桢年号（公元1054年—1056年）。③朋：一起。④以亲辞：用养老的理由推辞官职。

冬十一月至蜀，至之日，归屯军，撤守备，使谓郡县："寇来在吾，无尔劳苦。"明年正月朔旦[①]，蜀人相庆如他日，遂以无事。又明年正月，相告留公像于净众寺。公不能禁。

【注释】　①朔：指阴历初一。

眉阳苏洵言于众曰："未乱，易治也；既乱，易治也；有乱之萌，无乱之形，是谓将乱，将乱难治，不可以有乱急，亦不可以无乱弛。惟是元年之秋，如器之欹①，未坠于地。惟尔张公，安坐于其旁，颜色不变，徐起而正之。既正，油然而退，无矜容。为天子牧小民不倦，惟尔张公。尔繄以生②，惟尔父母。且公尝为我言'民无常性，惟上所待。人皆曰蜀人多变，于是待之以待盗贼之意，而绳之以绳盗贼之法。重足屏息之民③，而以砧斧令④。于是民始忍以其父母妻子之所仰赖之身，而弃之于盗贼，故每每大乱。夫约之以礼，驱之以法，惟蜀人为易。至于急之而生变，虽齐、鲁亦然。吾以齐、鲁待蜀人，而蜀人亦自以齐、鲁之人待其身。若夫肆意于法律之外，以威劫齐民⑤，吾不忍为也。'呜呼！爱蜀人之深，待蜀人之厚，自公而前，吾未始见也。"皆再拜稽首曰："然。"

【注释】 ①欹（qī）：倾斜。②繄（yī）："是"的意思，助词。③重足：叠足而立，非常恐惧的样子。④砧斧：砧板和刀斧，砍伐木头的工具。⑤齐民：平民。

苏洵又曰："公之恩在尔心，尔死在尔子孙，其功业在史官，无以像为也。且公意不欲，如何？"皆曰："公则何事于斯？虽然，于我心有不释焉。今夫平居闻一善，必问其人之姓名与其乡里之所在，以至于其长短大小美恶之状，甚者或诘其平生所嗜好，以想见其为人。而史官亦书之于其传，意使天下之人，思之于心，则存之于目；存之于目，故其思之于心也固。由此观之，像亦不为无助。"苏洵无以诘，遂为之记。

公，南京人，为人慷慨有大节，以度量雄天下。天下有大事，公可属。系之以诗曰：天子在祚，岁在甲午。西人传言，有寇在垣。庭有武臣，谋夫如云。天子曰嘻，命我张公。公来自东，旗纛舒舒。西人聚观，于巷于涂。谓公暨暨①，公来于于②。公谓西人"安尔室家，无敢或讹。讹言不祥，往即尔常。春而条桑③，秋尔涤场。"西人稽首，公我父兄。公在西囿，草木骈骈④。公宴其僚，伐鼓渊渊⑤。西人来观，祝公万年。有女娟娟⑥，闺闼闲闲⑦。有童哇哇，亦既能言。昔公未来，期汝弃捐。禾麻芃芃⑧，仓庾崇崇。嗟我妇子，乐此岁丰。公在朝廷，天子股肱。天子曰归，公敢不承？作堂严严，有庑有庭⑨。公像在中，朝服冠缨。西人相告，无敢逸荒。公归京师，公像在堂。

【注释】 ①暨暨：果敢的样子。②于于：自足的样子。③条：修剪。④骈骈：茂盛的样子。⑤渊渊：象声词，敲鼓的声音。⑥娟娟：美好的样子。⑦闲闲：悠闲的样子。⑧芃芃（péngpéng）：茂盛的样子。⑨庑（wǔ）：堂下周围的走廊、廊屋。

【点评】 苏洵（1009年—1066年），字明允，号老泉，眉州眉山（今四川眉山）人。北宋文学家，与其子苏轼、苏辙并以文学著称于世，世称"三苏"。父子三人后来均被列入唐宋八大家，这也是中国文学史上的奇迹。据说，他到了二十七岁才发奋读书，通读先秦两汉的经史著作，也开始学习韩愈的文章。后来常常有人以这个典故来鼓励人时时注重学习。

苏洵流传下来的抒情散文数量不多，但有很多优秀的篇章，《张益州画像记》就是其中一篇。本文记叙张方平治理益州的事迹，表现了他宽政爱民的思想。苏洵语言凝练生动，观点鲜明，善用典故，巧用比喻。在文中，苏洵对张方平的描写恰到妙处。第三段中，苏洵将张方平面临的困难局势比喻为"如器之敧，未坠于地"，这个比喻形象生动；既而描写张方平面对困难局势的表现，"安坐于其旁……无矜容"，寥寥数语，表现了张方平处危不惊，气宇轩昂的精神面貌。曾巩也夸赞他"指事析理，引物托喻"，"烦能不乱，肆能不流"（《苏明允哀词》）。

心术① 苏洵

为将之道，当先治心。泰山崩于前而色不变，麋鹿兴于左而目不瞬②，然后可以制利害，可以待敌。

【注释】 ①心术：心计、计谋。这里表示将略。术，方法。②兴：起，这里是突然出现的意思。瞬：眨眼。

凡兵上义①；不义，虽利勿动。非一动之为利害，而他日将有所不可措手足也。夫惟义可以怒士②，士以义怒，可与百战。

【注释】 ①上义：崇尚正义。上，通"尚"。②怒士：激励士兵。怒，激励。

凡战之道，未战养其财，将战养其力，既战养其气，既胜养其心。谨烽燧①，严斥堠②，使耕者无所顾忌，所以养其财；丰犒而优游之，所以养其力；小胜益急，小挫益厉，所以养其气；用人不尽其所欲为，所以养其心。故士常蓄其怒、怀其欲而不尽。怒不尽则有余勇，欲不尽则有余贪。故虽并天下，而士不厌兵③，此黄帝之所以七十战而兵不殆也④。不养其心，一战而胜，不可用矣。

【注释】　①谨烽燧（fēng suì）：慎重地搞好警报工作。烽燧，古代边防报警的两种信号，白天放的烟叫"燧"，夜里点的火叫"烽"。②严斥堠（hòu）：严格地做好放哨、瞭望工作。堠，古代用来瞭望敌情的土堡。这里指侦察。③厌兵：厌恶打仗。④黄帝：传说是中国中原各族的共同祖先。相传曾在战争中多次取胜，打败了炎帝、蚩尤，成为部落联盟的领袖。

凡将欲智而严，凡士欲愚。智则不可测，严则不可犯，故士皆委己而听命，夫安得不愚？夫惟士愚，而后可与之皆死。

凡兵之动，知敌之主，知敌之将，而后可以动于险①。邓艾缒兵于蜀中②，非刘禅之庸③，则百万之师可以坐缚，彼固有所侮而动也④。故古之贤将，能以兵尝敌⑤，而又以敌自尝，故去就可以决。

【注释】　①险：这里指危险的军事行动。②邓艾缒（zhuì）兵于蜀中：邓艾，三国时魏国的将领，魏元帝景元四年（公元263年），他率兵从一条艰险的山路进攻蜀汉，山高谷深，士兵都用绳子系着放下山去，邓艾自己也用毡布裹着身体，滑下山去。缒，系在绳子上往下送。③刘禅：刘备之子。三国时蜀汉后主，小名阿斗。④侮：轻视、轻侮。⑤尝敌：试探敌人的情况。尝，尝试、试探。

凡主将之道，知理而后可以举兵，知势而后可以加兵，知节而后可以用兵①。知理则不屈，知势则不沮，知节则不穷。见小利不动，见小患不避，小利小患，不足以辱吾技也，夫然后有以支大利大患^②。夫惟养技而自爱者，无敌于天下。故一忍可以支百勇，一静可以制百动。

【注释】 ①节：节制。②支：经得起，对付得了。

兵有长短，敌我一也。敢问："吾之所长，吾出而用之，彼将不与吾校^①；吾之所短，吾蔽而置之^②，彼将强与吾角，奈何？"曰："吾之所短，吾抗而暴之^③，使之疑而却；吾之所长，吾阴而养之，使之狎而堕其中。此用长短之术也。"

【注释】 ①校：较量。②置：放到一边，放弃不用。③抗：高，引申为凸出地。暴：显露。

善用兵者，使之无所顾，有所恃。无所顾，则知死之不足惜；有所恃，则知不至于必败。尺棰当猛虎^①，奋呼而操击；徒手遇蜥蜴，变色而却步，人之情也。知此者，可以将矣。袒裼而案剑^②，则乌获不敢逼^③；冠胄衣甲，据兵而寝，则童子弯弓杀之矣。故善用兵者以形固^④。夫能以形固，则力有余矣。

【注释】 ①尺棰（chuí）：一尺多长的短木棍。②袒（tǎn）：脱去上衣，露出身体的一部分。裼（xī）：脱去上衣露出身体的一部分。案：通"按"。③乌获：战国时秦国的大力士，相传能力举千钧。④以形固：利用各种有利形势来巩固自己。以，凭借、利用。形，各种有利的形势和条件。

【点评】 本文是《权书》中的一篇，论述了用兵的方法分治心、尚义、养士、智愚、料敌、审势、出奇、守备等八个方面，而以治心为核心，所以标题叫"心术"。全篇围绕为将的心术展开，段落分明，井井有条，分别论述了将领与士兵的关系、将领指挥作战的规则、将领的内心修养对战争的重要影响等方面的内容。文中大量排偶句娴熟运用，读来排宕顿挫，为文章增色不少。

辨奸论　苏洵

事有必至，理有固然。惟天下之静者①，乃能见微而知著。月晕而风②，础润而雨③，人人知之。人事之推移，理势之相因，其疏阔而难知，变化而不可测者，孰与天地阴阳之事④。而贤者有不知，其故何也？好恶乱其中，而利害夺其外也！

【注释】　①静者：指能够冷静地观察周围事物而做出合理结论的贤人。道家认为"静"是最高的道德修养。②月晕（yùn）：月亮周围出现光环。③础：柱子下面的石墩。④天地阴阳之事：指自然界的一切现象。古人认为自然界有阴阳二气，二气交互发生作用，便产生了形形色色的自然变化。

昔者，山巨源见王衍曰①："误天下苍生者，必此人也！"郭汾阳见卢杞曰②："此人得志。吾子孙无遗类矣！"自今而言之，其理固有可见者。以吾观之，王衍之为人，容貌言语，固有以欺世而盗名者。然不忮不求③，与物浮沉。使晋无惠帝④，仅得中主，虽衍百千，何从而乱天下乎？卢杞之奸，固足以败国。然而不学无文，容貌不足以动人，言语不足以眩世，非德宗之鄙暗⑤，亦何从而用之？由是言之，二公之料二子，亦容有未必然也！

【注释】　①山巨源：山涛（205年—283年），字巨源，西晋名士，竹林七贤之一。王衍（256年—311年）：字夷甫，历任尚书令、太尉。衍有盛才，常自比子贡。当时晋室诸王擅权，他周旋于诸王间，唯求自全之计，后死于战乱之中。②郭汾阳：即郭子仪（697年—781年），唐华州（今属陕西）人，唐代著名军事家，曾平定安史之乱，破吐蕃，后封为汾阳郡王，世称郭汾阳。卢杞：字子良，唐滑州（今河南安阳）人，唐德宗时任宰相，搜刮民财，排斥异己。杞相貌丑陋，好口辩。后被贬职，死于外地。③忮（zhì）：嫉恨。④惠帝：晋惠帝（290年—306年在位），晋开国君主司马炎之子，以痴呆闻名。他在位时不理朝政，大权旁落，终导致"八王之乱"，晋室随之衰败。⑤德宗：唐德宗（780年—805年在位），唐代晚期的庸君，他削去郭子仪的兵权，重用卢杞，导致朝政紊乱。

　　今有人，口诵孔、老之言，身履夷、齐之行①，收召好名之士、不得志之人，相与造作言语，私立名字，以为颜渊、孟轲复出，而阴贼险狠，与人异趣。是王衍、卢杞合而为一人也。其祸岂可胜言哉？夫面垢不忘洗，衣垢不忘浣。此人之至情也。今也不然，衣臣虏之衣，食犬彘之食，囚首丧面②，而谈诗书，此岂其情也哉？凡事之不近人情者，鲜不为大奸慝，竖刁、易牙、开方是也③。以盖世之名，而济其未形之患。虽有愿治之主，好贤之相，犹将举而用之。则其为天下患，必然而无疑者，非特二子之比也。

【注释】　①夷、齐：伯夷、叔齐。他们兄弟二人，不食周粟，饿死于首阳山。② 囚首丧面：指不注意修饰。囚首，头发散乱，如同囚犯。丧面，如居丧人的面孔。③ 竖刁、易牙、开方：春秋时期，齐桓公的三个宠臣，桓公死后，三人作乱。

孙子曰："善用兵者，无赫赫之功。"使斯人而不用也，则吾言为过，而斯人有不遇之叹。孰知祸之至于此哉？不然。天下将被其祸，而吾获知言之名，悲夫！

【点评】 作者在本文中提出"见微知著"的观点，不要轻视小事情，大事情都是由小事情积累而成的，事情皆有一定的规律。清人吴楚材说："见微知著，可为千古观人之法。"

首段先将天象和人事进行比较，指出了人事比天象更难掌握，并说明这是由于"好恶"和"利害"所形成的必然结果。言之有理，持之有故，不能不令人首肯。接着，作者又通过历史上山涛、郭子仪对王衍、卢杞的评论，说明了山、郭二人的评论虽有一定道理，但也有所疏漏，这就为下文的"今有人"起了铺垫作用。本文的第三段是本文的核心所在，作者将"今有人"的种种表现尽情地加以刻画，一气呵成，其笔锋之犀利，论证之严谨，不能不令人赞叹。而在结尾处，作者又留有余地地提出两种可能出现的情况，这就使人感到作者所持的公允态度。

历来有人认为本文的写作是影射王安石，但未有定论。把《辨奸论》全文连贯起来看，在写作目的上，作者确有所指，但又未点明。我们也没有必要进行烦琐考证。仅就立意谋篇上来说，本文确属古文中的名篇。

管仲论　苏洵

　　管仲相威公①，霸诸侯，攘戎狄，终其身齐国富强，诸侯不敢叛。管仲死，竖刁、易牙、开方用，威公薨于乱，五公子争立，其祸蔓延，讫简公，齐无宁岁。

　　【注释】　①威公：即齐桓公。宋人避宋钦宗赵桓的讳，改为"威公"。

　　夫功之成，非成于成之日，盖必有所由起；祸之作，不作于作之日，亦必有所由兆。则齐之治也，吾不曰管仲，而曰鲍叔。及其乱也，吾不曰竖刁、易牙、开方，而曰管仲。何则？竖刁、易牙、开方三子，彼固乱人国者，顾其用之者，威公也。夫有舜而后知放四凶①，有仲尼而后知去少正卯②。彼威公何人也？顾其使威公得用三子者，管仲也。仲之疾也，公问之相。当是时也，吾意以仲且举天下之贤者以对。而其言乃不过曰：竖刁、易牙、开方三子，非人情，不可近而已③。

　　【注释】　①四凶：指共工、鲧、驩兜和三苗首领。②少正卯：春秋

112

时期鲁国大夫，传说孔子任鲁国司寇时，诛杀少正卯。③以上三句：竖刁、易牙、开方为亲近桓公，做出自阉、杀儿、背亲的行为，管仲认为是不合人情的。

　　呜呼！仲以为威公果能不用三子矣乎？仲与威公处几年矣，亦知威公之为人矣乎？威公声不绝于耳，色不绝于目，而非三子者则无以遂其欲。彼其初之所以不用者，徒以有仲焉耳。一日无仲，则三子者可以弹冠而相庆矣。仲以为将死之言可以絷威公之手足耶①？夫齐国不患有三子，而患无仲。有仲，则三子者，三匹夫耳。不然，天下岂少三子之徒哉？虽威公幸而听仲，诛此三人，而其余者，仲能悉数而去之耶？呜呼！仲可谓不知本者矣。因威公之问，举天下之贤者以自代，则仲虽死，而齐国未为无仲也。夫何患三子者？不言可也。

　　【注释】　①絷（zhí）：用绳索绊住马足，这里是束缚的意思。

　　五伯莫盛于威、文①，文公之才，不过威公，其臣又皆不及仲；灵公之虐②，不如孝公之宽厚③。文公死，诸侯不敢叛晋，晋袭文公之余威，犹得为诸侯之盟主百余年。何者？其君虽不肖，而尚有老成人焉。威公之薨也，一乱涂地，无惑也，彼独恃一管仲，而仲则死矣。

　　【注释】　①五伯：即春秋五霸，分别是齐桓公、晋文公、楚庄王、宋襄公、秦穆公。文：即晋文公。②灵公：即晋灵公。③孝公：即齐孝公。

　　夫天下未尝无贤者，盖有有臣而无君者矣。威公在焉，而曰天下不复有管仲者，吾不信也。仲之书^①，有记其将死论鲍叔、宾胥无之为人^②，且各疏其短。是其心以为数子者皆不足以托国。而又逆知其将死，则其书诞谩不足信也。吾观史鳅，以不能进蘧伯玉，而退弥子瑕，故有身后之谏^③。萧何且死，举曹参以自代。大臣之用心，固宜如此也。夫国以一人兴，以一人亡。贤者不悲其身之死，而忧其国之衰，故必复有贤者，而后可以死。彼管仲者，何以死哉？

【注释】　①仲之书：指《管子》一书，一般认为该书是后人托管子之名编辑而成的。②宾胥无：齐国大夫，桓公时贤臣。③"吾观史鳅"四句：卫灵公不用蘧伯玉而用弥子瑕，史鳅多次进谏，灵公一直不听。史鳅临死前，令其子把尸体放在窗前，表示自己仍要进谏。灵公来吊丧，看到这种情况而醒悟。于是不用弥子瑕而用蘧伯玉。史鳅（qiū）：春秋时期卫国大夫。

【点评】　管仲是历史上的名相之一。他辅佐齐桓公攘戎狄，九合诸侯，成为春秋第一位霸主。他的才能和功绩一向为人称道，连孔子对他都给予了很高的评价。对于这样一个典范人物，作者却别开生面，独能从其不能推荐贤人这一要害之处进行评说，其立论新奇，合乎情理。

本文文笔犀利，逻辑严密。作者为了说明管仲提出的竖刁等三人"非人情不可近"只是一句毫无意义的空话，他把齐桓公和舜、孔子进行比较，说明齐桓公不可能除掉这三个人。即使是除掉了这三个人，"天下岂少三子之徒哉"。在谈到管仲在临死时没有向齐桓公举荐贤人是一重大失误时，作者又用史鳅、萧何的事迹进行对比，得出"大臣之用心，固宜如此也"的结论，可以说是丝丝入扣，令人拍案叫绝。清人吴楚材称赞说："立论一层深一层，引证一段系一段，似此卓识雄文，方能令古人心服。"

作者认为管仲不懂治国之本，批评他在临死前未能荐贤自代，导致在他死后齐国发生了内乱，以此告诫当政者，选贤举能以防奸臣作乱。

六国论　苏洵

六国破灭，非兵不利，战不善，弊在赂秦。赂秦而力亏，破灭之道也。或曰：六国互丧，率赂秦耶①？曰：不赂者以赂者丧，盖失强援，不能独完②。故曰：弊在赂秦也。

【注释】　①率：都，皆。②完：保全。

秦以攻取之外，小则获邑，大则得城。较秦之所得，与战胜而得者，其实百倍①；诸侯之所亡，与战败而亡者，其实亦百倍。则秦之所大欲，诸侯之所大患，固不在战矣。思厥先祖父②，暴霜露，斩荆棘③，以有尺寸之地。子孙视之不甚惜，举以予人，如弃草芥。今日割五城，明日割十城，然后得一夕安寝。起视四境，而秦兵又至矣。然则诸侯之地有限，暴秦之欲无厌④，奉之弥繁，侵之愈急。故不战而强弱胜负已判矣⑤。至于颠覆，理固宜然。古人云："以地事秦，犹抱薪救火，薪不尽，火不灭⑥。"此言得之。

【注释】　①其实：它的实际数目。②厥先祖父：泛指他们的先人祖辈，指列国的先公先王。厥，其。祖父，祖辈与父辈。③暴（pù）霜露：暴露在霜露之中。这两句形容创业的艰苦。④厌：同"餍"，满足。⑤判：决定。⑥语见《史记·魏世家》和《战国策·魏策》。事：侍奉。

齐人未尝赂秦，终继五国迁灭①，何哉？与嬴而不助五国也②。五国既丧，齐亦不免矣。燕赵之君，始有远略，能守其土，义不赂秦③。是故燕虽小国而后亡，斯用兵之效也。至丹以荆卿为计，始速祸焉④。赵尝五战于秦，二败而三胜。后秦击赵者再⑤，李牧连却之⑥。洎牧以谗诛⑦，邯郸为郡⑧，惜其用武而不终也。且燕赵处秦革灭殆尽之际，可谓智力孤危，战败而亡，诚不得已。向使三国各爱其地，齐人勿附于秦，刺客不行，良将犹在，则胜负之数，存亡之理，当与秦相较⑨，或未易量。

【注释】　①继：跟着。迁：指宗社迁移，古代迁宗社就是灭国的象征。②与嬴：亲附秦国。与，亲附。嬴，秦王族的姓，此借指秦国。③义：坚持正义。④速：招致。⑤再：两次。⑥李牧（？—前229年），战国时期的赵国将领，与白起、王翦、廉颇并称"战国四大名将"，公元前229年，赵王迁中了秦的离间计，听信谗言夺取了李牧的兵权，不久将李牧杀害。⑦洎（jì）：及，等到。⑧邯郸为郡：秦灭赵之后，把赵国改为秦的邯郸郡。邯郸，赵国的都城。⑨当（tǎng）：同"倘"，如果。

呜呼！以赂秦之地，封天下之谋臣，以事秦之心，礼天下之奇才，并力西向，则吾恐秦人食之不得下咽也。悲夫！有如此之势①，而为秦人积威之所劫②，日削月割，以趋于亡。为国者无使为积威之所劫哉！

【注释】 ①势：优势。②积威：积久而成的威势。劫：胁迫，劫持。

夫六国与秦皆诸侯，其势弱于秦，而犹有可以不赂而胜之之势。苟以天下之大，而从六国破亡之故事①，是又在六国下矣。

【注释】 ①从：跟随。故事：旧事、先例。

【点评】 《六国论》选自《嘉祐集》中的《权书》，《权书》共10篇，都是史论的性质。在苏洵生活的年代，北宋每年要向契丹纳银二十万两，绢三十万匹；向西夏纳银十万两，绢十万匹，茶三万斤。这样贿赂的结果，助长了契丹、西夏的气焰，加重了人民的负担，极大地损伤了国力，带来了无穷的祸患。当时的北宋四周环伺，政策上求和，积贫积弱，苏洵借古讽今，正是针对这样的现实撰写了《六国论》。

六国被秦国灭亡的教训，是许多文史学家关注的话题。仅三苏就每人写了一篇《六国论》。苏轼的《六国论》，根据六国久存而秦速亡的对比分析，突出强调了"士"的作用。苏辙的《六国论》则是针对六国不免于灭亡的史实，指出它们相继灭亡的原因是不能团结一致，共同抗战，灭国是咎由自取。苏洵的《六国论》独辟蹊径，单拈出"赂秦"，借古讽今，虽有偏颇，但也有较强的现实意义。

送石昌言使北引^①　苏洵

昌言举进士时，吾始数岁，未学也。忆与群儿戏先府君侧，昌言从旁取枣栗啖我；家居相近，又以亲戚故，甚狎。昌言举进士，日有名。吾后渐长，亦稍知读书，学句读、属对、声律，未成而废。昌言闻吾废学，虽不言，察其意，甚恨^②。后十余年，昌言及第第四人，守官四方，不相闻。吾日益壮大，乃能感悔，摧折复学。又数年，游京师，见昌言长安，相与劳问，如平生欢。出文十数首，昌言甚喜称善。吾晚学无师，虽日当文，中甚自惭；及闻昌言说，乃颇自喜。今十余年，又来京师，而昌言官两制^③，乃为天子出使万里外强悍不屈之虏庭，建大旆^④，从骑数百，送车千乘，出都门，意气慨然。自思为儿时，见昌言先府君旁，安知其至此？富贵不足怪，吾于昌言独有感也！大丈夫生不为将，得为使，折冲口舌之间足矣^⑤。

【注释】　①石昌言：石扬休，字昌言，宋代眉州人。少孤力学，登进士。累官刑部员外郎，知制诰。石、苏两家均眉州大户，世有通家之谊。昌言进举，洵方五岁。昌言出使契丹，为契丹国母生辰寿，在嘉祐元年（公元 1056 年）八月。引，本应作序，苏洵父名序，避家讳而改。
②恨：遗憾。③两制：唐、宋翰林学士受皇帝之命，起草诏令，称为内
制；中书舍人与他官加知制诰衔者为中书门下撰拟诏令，称为外制。翰
林学士与中书舍人合称两制。④大旆（pèi）：一种末端呈燕尾状之大旗。
这里指使辽。⑤折冲：交涉、谈判。

　　往年彭任从富公使还①，为我言曰："既出境，宿驿亭。闻介
马数万骑驰过②，剑槊相摩，终夜有声，从者惴然失色。及明，
视道上马迹，尚心掉不自禁。"凡虏所以夸耀中国者，多此类。
中国之人不测也，故或至于震惧而失辞，以为夷狄笑。呜呼！何
其不思之甚也！昔者奉春君使冒顿③，壮士健马皆匿不见，是以
有平城之役④。今之匈奴⑤，吾知其无能为也。孟子曰："说大人
则藐之⑥。"况与夷狄！请以为赠。

【注释】　　①彭任：宋代岳池人。庆历初富弼使辽，彭任与之偕行，
道次语弼曰："朝廷所谓书词，万一与口传异，将何以对？"启视果不
同，弼即驰还朝，更书而去。②介马：披甲战马。③奉春君：即娄敬，
又名刘敬，《史记》有传。冒顿（mò dú）：汉初匈奴族一个单于的名字，
与汉高祖刘邦同时代。④平城之役：即白登之围，汉高祖七年（公元前
200 年），刘邦被匈奴围于白登山（今山西省大同市东北马铺山），仅以
身免。此役之后，汉对匈奴长期处于守势。⑤今之匈奴：指辽国的契丹
人。⑥语出《孟子·尽心下》。

【点评】　　该文作于嘉祐元年（公元 1056 年）九月，是一篇赠序。同
年八月，刑部员外郎、知制诰石扬休出使北国前往契丹，庆贺契丹国母生
辰。苏洵给他这篇赠序（因为苏洵之父名序，不称序改称引），就是让他借

鉴历史经验，不怕强敌威胁，发扬民族正气，夺取外交胜利。文章第一段回忆他们之间的亲密交往，感佩扬休奉使强虏实现平生抱负，充满劝勉之情；第二段回顾历史情况，剖析强虏本质，指出对敌国之耀武扬威应毫不"震惧"，并举奉春君的例子说明要善于识破敌人的阴谋诡计。文章用语凝练，仅在这数百字间，将大家风范发挥得淋漓尽致。

上田枢密书[①] 　苏洵

天之所以与我者，夫岂偶然哉。尧不得以与丹朱[②]，舜不得以与商均[③]，而瞽叟不得夺诸舜[④]。发于其心，出于其言，见于其事，确乎其不可易也。圣人不得以与人，父不得夺诸其子，于此见天之所以与我者不偶然也。

【注释】　①田枢密：即田况（1003年—1061年），字元均，时任枢密副使。②丹朱：尧之子。③商均：舜之子。④瞽叟：舜之父。

夫其所以与我者，必有以用我也。我知之不得行之，不以告人，天固用之，我实置之，其名曰弃天；自卑以求幸其言，自小以求用其道，天之所以与我者何如，而我如此也，其名曰亵天。弃天，我之罪也；亵天，亦我之罪也；不弃不亵，而人不我用，不我用之罪也，其名曰逆天。然则弃天、亵天者其责在我，逆天者其责在人。在我者，吾将尽吾力之所能为者，以塞夫天之所以与我之意，而求免乎天下后世之讥。在人者，吾何知焉。吾求免夫一身之责之不暇，而为人忧乎哉？

孔子、孟轲之不遇，老于道途而不倦不愠、不怍不沮者，夫固知夫责之所在也。卫灵、鲁哀、齐宣、梁惠之徒之不足相与以有为也，我亦知之矣，抑将尽吾心焉耳①。吾心之不尽，吾恐天下后世无以责夫卫灵、鲁哀、齐宣、梁惠之徒，而彼亦将有以辞其责也，然则孔子、孟轲之目将不瞑于地下矣。

【注释】　①卫灵公、鲁哀公曾向孔子问政，见《史记·孔子世家》。孟子曾游说齐宣、梁惠，见《史记·孟子荀卿列传》。苏洵举四人，说明虽不足以有为，而孔、孟也对他们教授道理，让他们有令人可喜的作为。

夫圣人、贤人之用心也固如此。如此而生，如此而死，如此而贫贱，如此而富贵，升而为天，沉而为渊，流而为川，止而为山，彼不预吾事，吾事毕矣。窃怪夫后之贤者之不能自处其身也，饥寒穷困之不胜而号于人。呜呼！使其诚死于饥寒穷困邪，则天下后世之责将必有在，彼其身之责不自任以为忧，而我取而加之吾身，不已过乎。

今洵之不肖，何敢以自列于圣贤，然其心亦有所不甚自轻者。何则，天下之学者，孰不欲一蹴而造圣人之域①，然及其不成也，求一言之几乎道而不可得也。千金之子，可以贫人，可以富人，非天之所与，虽以贫人富人之权，求一言之几乎道，不可得也。天子之宰相，可以生人，可以杀人。非天之所与，虽以生人杀人之权，求一言之几乎道，不可得也。今洵用力于圣人、贤人之术亦久矣。其言语、其文章，虽不识其果可以有用于今而传于后与否，独怪其得之之不劳。方其致思于心也，若或起之；得之心而书之纸也，若或相之。夫岂无一言之几乎道？千金之子，天子之宰相，求而不得者，一旦在己，故其心得以自负，或者天其亦有以与我也。

【注释】　①造：进入、来到。

曩者见执事于益州，当时之文，浅狭可笑，饥寒穷困乱其心，而声律记问又从而破坏其体，不足观也已。数年来退居山野，自分永弃，与世俗日疏阔，得以大肆其力于文章。诗人之优柔，骚人之精深，孟、韩之温淳①，迁、固之雄刚②，孙、吴之简切③，投之所向，无不如意。常以为董生得圣人之经④，其失也流而为迂；晁错得圣人之权⑤，其失也流而为诈；有二子之才而不流者，其惟贾生乎⑥！惜乎今之世，愚未见其人也。作策二道，曰《审势》、《审敌》，作书十篇，曰《权书》。洵有山田一顷，非凶岁可以无饥，力耕而节用，亦足以自老。不肖之身不足惜，而天之所与者不忍弃，且不敢亵也。执事之名满天下，天下之士用与不用在执事。故敢以所谓《策》二道、《权书》十篇者为献。平生之文，远不可多致，有《洪范论》、《史论》七篇，近以献内翰欧阳公⑦。度执事与之朝夕相从而议天下之事，则斯文也其亦庶乎得陈于前矣。若夫其言之可用与其身之可贵与否者，执事事也，执事责也，于洵何有哉！

【注释】　①孟、韩：孟子和韩愈。两人都是文学家。②迁、固：司马迁和班固。两人都是史学家。③孙、吴：孙武和吴起。两人都是兵家。④董生：董仲舒，汉武帝时期的著名儒者。⑤晁错：汉景帝时期任御史大夫，主导"削藩"运动，导致七国之乱。⑥贾生：贾谊。⑦欧阳公：

124

欧阳修。欧阳修对三苏都有知遇之恩。

【点评】　此文作于嘉祐元年（公元 1056 年），旨在求田况举荐，与苏辙《上枢密韩太尉书》同时。

本文文气畅大，开篇以天起首，中篇以孔孟立说，立文甚正。虽是干谒之文，却谨守士人本分，文笔峻绝，浩荡不羁。苏洵在文中自道："诗人之优柔，骚人之精深，孟、韩之温淳，迁、固之雄刚，孙、吴之简切，投之所向，无不如意。"这是苏洵文风的真实写照。

值得注意的是，苏洵在文中既不认同固守儒学的董仲舒，也不认同讲求实际的晁错，而唯独信服贾谊。他能这样评价董仲舒，也可见当时社会及其个人的开放。

留侯论① 苏轼

古之所谓豪杰之士者，必有过人之节②。人情有所不能忍者③，匹夫见辱，拔剑而起，挺身而斗，此不足为勇也。天下有大勇者，卒然临之而不惊④，无故加之而不怒。此其所挟持者甚大⑤，而其志甚远也。

【注释】 ①留侯：即张良，字子房。因佐刘邦建立汉朝有功，封留侯。②节：气度、节操。③人情：一般人的常情。④卒然：突然。卒，通"猝"。⑤挟持：指抱负。

夫子房受书于圯上之老人也①，其事甚怪；然亦安知其非秦之世，有隐君子者②，出而试之？观其所以微见其意者③，皆圣贤相与警戒之义；而世不察，以为鬼物④，亦已过矣。且其意不在书。当韩之亡、秦之方盛也，以刀锯鼎镬待天下之士⑤，其平居无罪夷灭者⑥，不可胜数。虽有贲、育⑦，无所获施。夫持法太急者，其锋不可犯，而其势未可乘。子房不忍忿忿之心⑧，以匹夫之力，而逞于一击之间。当此之时，子房之不死者，其间不能容发^⑨，盖亦危矣。千金之子^⑩，不死于盗贼。何哉？其身之可爱^⑪，而盗贼之不足以死也。子房以盖世之才，不为伊尹、太公之谋^⑫，而特出于荆轲、聂政之计^⑬，以侥幸于不死，此圯上老人所为深惜者也。是故倨傲鲜腆而深折之^⑭，彼其能有所忍也，然后可以就大事。故曰："孺子可教也。"

【注释】　①圯上之老人：即黄石公。据说他在桥上让张良为他捡鞋，与张良约见又两次责怪他迟到，几次考验之后才拿出《太公兵法》一书送给张良。圯，桥。②隐君子：隐居的高人。③微见其意：略略显示出他的意图。微，略微、隐约。见，通"现"。④以为鬼物：因黄石公的事迹较为离奇，语涉荒诞，有人认为他是鬼神之类。⑤刀锯鼎镬：以刀锯杀人，以鼎镬烹人。指秦王滥施严酷刑罚。鼎镬，即鼎锅，杀人刑具。⑥平居无罪夷灭：与世无争，在家里平白无故被抓去杀头灭族。⑦贲、育：孟贲、夏育，古代著名勇士。⑧忿忿之心：愤怒的情绪。⑨容发：容下一根头发。⑩千金之子：富贵人家的子弟。⑪可爱：可贵。⑫伊尹：商初大臣，曾佐商灭夏。太公：姜太公吕尚，为周朝开国大臣。⑬荆轲：战国时齐国人，为燕太子丹刺杀秦王，失败被杀。聂政：战国时韩国人，为严仲子谋刺韩国韩傀。⑭倨傲鲜腆：自大骄傲，没有礼貌。鲜腆，无礼、厚颜。折：折服。

　　楚庄王伐郑^①，郑伯肉袒牵羊以迎。庄王曰："其主能下人^②，必能信用其民矣^③。"遂舍之。勾践之困于会稽^④，而归臣妾于吴者，三年而不倦。且夫有报人之志^⑤，而不能下人者，是匹夫之刚也。夫老人者，以为子房才有余而忧其度量之不足，故深折其少年刚锐之气，使之忍小忿而就大谋^⑥。何则？非有平生之素，卒然相遇于草野之间^⑦，而命以仆妾之役^⑧，油然而不怪者^⑨，此固秦皇之所不能惊，而项籍之所不能怒也。

【注释】 ①楚庄王：春秋时期楚国国君，春秋五霸之一。他攻克郑国后，郑伯脱掉上衣露出肩膀，牵着羊去迎接，表示屈服。楚庄王认为他能取信于民，便释放了他，并退兵，与郑国议和。②下人：委屈自己甘心居于人下。③信用：信任。④勾践：春秋末年越国国君，曾败于吴国，屈服请和，作为人质在吴国三年卧薪尝胆，带着大臣、妻妾在会稽山劳作，返国后重用范蠡、文种，使越国国力渐渐恢复起来。会稽：山名，在今浙江省。⑤报人：向人报仇。⑥小忿：小小的怒气。⑦草野：指民间。⑧仆妾之役：仆人小妾干的活儿。指给老人捡鞋这件事。⑨油然：盛兴的样子。指钦敬之心油然而生。

观夫高祖之所以胜，项籍之所以败者，在能忍与不能忍之间而已矣。项籍唯不能忍，是以百战百胜，而轻用其锋^①。高祖忍之，养其全锋而待其敝^②，此子房教之也。当淮阴破齐^③，而欲自王^④，高祖发怒，见于词色。由是观之，犹有刚强不能忍之气，非子房其谁全之^⑤？

【注释】 ①锋：兵力。②敝：疲困。③淮阴：指淮阴侯韩信。刘邦被项羽困于荥阳时，韩信夺得齐地，请自立为王，刘邦大怒，经张良提醒，才立韩信为齐王，并让他发兵击楚。④自王：自己称王。⑤全：保全。

太史公疑子房以为魁梧奇伟，而其状貌乃如妇人女子，不称其志气。呜呼，此其所以为子房欤！

【点评】 苏轼（1037 年—1101 年），字子瞻，号东坡居士，眉州眉山

（今属四川）人。一生仕途坎坷，学识渊博，天资极高，诗文书画皆精。其文汪洋恣肆，明白畅达，与欧阳修并称欧苏；其诗清新豪健，善用夸张、比喻，艺术表现独具风格，与黄庭坚并称苏黄；词开豪放一派，对后世有巨大影响，与辛弃疾并称苏辛；书法擅长行书、楷书，能自创新意，用笔丰腴跌宕，有天真烂漫之趣，与黄庭坚、米芾、蔡襄并称宋四家；画学文同，论画主张神似，提倡"士人画"。著有《苏东坡全集》和《东坡乐府》等。

此文写于宋仁宗嘉祐六年（公元1061年），是苏轼答御试策所写论策中的一篇。人生青年之时，莫不意气风发，慷慨好言。当时的苏轼风华正茂，初试锋芒，发为议论，气势磅礴，滔滔不绝，有战国纵横家之风。开篇即不凡，写古时豪杰过人之处，高屋建瓴，随即转入文章正题，写张良忍常人所不能忍，经过亡国之痛，气血之勇，圯上老人之辱，张良终于帮助刘邦成就千古帝业。到此，文章得出：欲成大事，必须忍小忿而就大谋。此文评论历史人物，别开生面，从一"忍"字生发出一番人生至理，对今人也不无启发。

贾谊论 苏轼

非才之难，所以自用者实难①。惜乎！贾生王者之佐②，而不能自用其才也。

【注释】 ①自用：自己的才能得到施展、发挥。②贾生：即贾谊，西汉初年政论家、文学家，少有才名，十八岁以善文为郡人所称。汉文帝时迁太中大夫，遭到大臣排挤，谪为长沙王太傅，故后世亦称贾长沙、贾太傅。三年后被召回长安，为梁怀王太傅。梁怀王坠马而死，贾谊深自歉疚，抑郁而亡，年仅三十三岁。王者之佐：辅佐帝王的人才。

夫君子之所取者远①，则必有所待②；所就者大③，则必有所忍。古之贤人，皆有可致之才④，而卒不能行其万一者⑤，未必皆其时君之罪，或者其自取也。

【注释】 ①所取者：所要取得的成就。②待：等待。③所就者：所要成就的功业。④可致之才：能够实现功业、抱负的才能。⑤万一：万分之一。

愚观贾生之论，如其所言，虽三代何以远过①？得君如汉文②，犹且以不用死③，然则是天下无尧舜，终不可有所为耶？仲尼圣人④，历试于天下⑤，苟非大无道之国⑥，皆欲勉强扶持，庶几一日得行其道⑦。将之荆⑧，先之以冉有⑨，申之以子夏⑩。君子之欲得其君，如此其勤也⑪。孟子去齐，三宿而后出昼⑫，犹曰："王其庶几召我。"君子之不忍弃其君，如此其厚也⑬。公孙丑问曰："夫子何为不豫⑭？"孟子曰："方今天下，舍我其谁哉？而吾何为不豫？"君子之爱其身⑮，如此其至也⑯。夫如此而不用，然后知天下果不足与有为，而可以无憾矣。若贾生者，非汉文之不能用生，生之不能用汉文也。

【注释】 ①三代：指夏、商、周三个朝代。远过：远远地超过。②汉文：指汉文帝刘恒，汉高祖第四子，为人宽容平和，即位后，励精图治，兴修水利，废除肉刑，使汉朝进入强盛安定的时期。当时百姓富裕，天下小康，开创了"文景之治"。③不用：没有被任用。④仲尼圣人：指孔子，名丘，字仲尼，春秋时期鲁国陬邑（今山东曲阜）人，著名的大思想家、教育家、政治家，儒家学派的创始人，被后世尊奉为圣人。⑤历试：一次次地尝试。⑥苟非：如果不是。大无道：特别不讲道义的国家。⑦庶几：可能，有希望，差不多。⑧之荆：到楚国去。荆，春秋时期楚国的别称。⑨先之以冉有：先派冉有去联系。冉有，字子有，名冉求，尊称冉子，孔子门徒，孔门七十二贤之一。⑩申之以子夏：再派子夏去接洽。申，重复、一再。子夏，名卜商，尊称卜子或卜子夏，孔门十哲之一，七十二贤之一。⑪勤：殷切。⑫三宿而后出昼：孟子曾在齐国为卿，后来见齐王不能行王道，便辞官而去，但是在齐地昼停留了三天，想等齐王改过，重新召他入朝。昼，地名，在今山东临淄。⑬厚：（感情）深厚。⑭不豫：不高兴、不喜悦。⑮爱：爱惜、顾惜。⑯至：极至。

夫绛侯亲握天子玺而授之文帝^①，灌婴连兵数十万^②，以决刘吕之雌雄^③，又皆高帝之旧将，此其君臣相得之分^④，岂特父子骨肉手足哉^⑤？贾生，洛阳之少年，欲使其一朝之间，尽弃其旧而谋其新，亦已难矣。为贾生者，上得其君，下得其大臣，如绛、灌之属，优游浸渍而深交之^⑥，使天子不疑，大臣不忌，然后举天下而惟吾之所欲为，不过十年^⑦，可以得志。安有立谈之间而遽为人痛哭哉^⑧！观其过湘为赋以吊屈原^⑨，萦纡郁闷，趯然有远举之志^⑩。其后卒以自伤哭泣，至于夭绝^⑪，是亦不善处穷者也^⑫。夫谋之一不见用，安知终不复用也？不知默默以待其变，而自残至此。呜呼！贾生志大而量小，才有余而识不足也。

【注释】　①绛侯：即周勃，西汉开国将领、宰相。高祖时以军功拜为将军，赐爵武威侯。吕后死后，诸吕想篡夺刘家天下，以周勃、陈平、灌婴为首的刘邦旧臣共诛诸吕，迎立刘恒为皇帝。刘恒回京城路上，周勃下跪向他奉呈天子玉玺。②灌婴：汉朝开国功臣。诸吕作乱，齐王举兵讨伐。吕氏派灌婴阻挡，灌婴率兵到荥阳与周勃等共谋，与齐王连和反攻诸吕。周勃等诛诸吕后，齐王撤兵回国。灌婴便回到长安，与周勃、陈平等共立文帝。后封为丞相。谥号懿侯。③刘吕：汉室家族与吕后之间的斗争。④相得：互相投合，比喻相处得很好。⑤特：只，仅仅。⑥优游浸渍：从容不迫，逐渐渗透。⑦不过：没有超过。⑧遽：急速、骤然。⑨过湘为赋以吊屈原：贾谊因被朝中大臣排挤，贬为长沙王太傅，路过湘水，作赋凭吊屈原。⑩趯然：超然的样子。远举：远走高飞、悄然退隐。⑪夭绝：过早去世。⑫处穷：身处窘迫的逆境中。

古之人，有高世之才，必有遗俗之累^①。是故非聪明睿哲不惑之主，则不能全其用②。古今称苻坚得王猛于草茅之中③，一朝尽斥去其旧臣而与之谋④，彼其匹夫略有天下之半⑤，其以此哉！愚深悲贾生之志，故备论之⑥。亦使人君得如贾生之臣，则知其有狷介之操⑦，一不见用，则忧伤病沮⑧，不能复振。而为贾生者，亦慎其所发哉⑨！

【注释】　①遗俗之累：世俗的牵累，指因不合时宜而招致困境。②全其用：使他们的作用完全施展发挥出来。③苻坚得王猛于草茅之中：苻坚能从草野平民之中起用王猛。苻坚，晋时前秦的国君。王猛，字景略，初隐居华山，后受苻坚召，拜为中书侍郎。④一朝尽斥去其旧臣：王猛被用后，受到苻坚的宠信，屡有升迁，权倾内外，遭到旧臣仇腾、席宝的反对。苻坚大怒，贬黜仇、席两人，于是上下皆服。⑤匹夫：平常之辈。指苻坚。略：夺取、占据。⑥备：详细、详尽。⑦狷介之操：孤高不群的性格操守。狷介，性情正直、洁身自好、不与人苟合。⑧病沮：困顿窘迫，颓废沮丧。⑨发：发泄情感。指做好立身处世。

【点评】　书生从政的悲剧，西汉贾谊可谓极具代表性的一个。司马迁在《史记》中把屈原和贾谊并举，就是看到两人都是才大不为用，最终抑郁而亡的结局。苏轼此文一反常理，从贾谊角度分析他的悲剧成因，对比作者所称赏的以坚忍成就大事的张良，贾谊恃才傲物、锋芒毕露、不知隐忍等待，因此悲剧也就不可避免了。然而作者却未走向极端，而是在文末向君主发出警醒之语：绝世之才需要宽容的环境，才能发挥他的大才。

晁错论 苏轼

天下之患，最不可为者^①，名为治平无事^②，而其实有不测之忧。坐观其变而不为之所^③，则恐至于不可救；起而强为之，则天下狃于治平之安^④，而不吾信^⑤。惟仁人君子豪杰之士，为能出身为天下犯大难^⑥，以求成大功。此固非勉强期月之间^⑦，而苟以求名者之所能也^⑧。天下治平，无故而发大难之端^⑨。吾发之，吾能收之，然后有辞于天下^⑩。事至而循循焉欲去之^⑪，使他人任其责^⑫，则天下之祸必集于我。

【注释】 ①为：治理、消除。②治平：太平安宁。③不为之所：不找到解决问题的措施。所，措施。④狃（niǔ）：因袭、习惯。⑤不吾信：即"不信吾"，不相信我。⑥出身：挺身而出。犯：顶着、冒着。⑦期（jī）月：一个月。指短时间内。⑧苟：仅仅，只。⑨端：开端。⑩辞：说辞、理由。⑪循循焉：缓缓的样子。去：离开、逃避。⑫任其责：承担他的职责。

昔者晁错尽忠为汉^①，谋弱山东之诸侯^②。山东诸侯并起，以诛错为名，天子不之察，以错为之说^③。天下悲错之以忠而受祸，不知错有以取之也。

【注释】 ①晁错：西汉政治家、文学家。文帝时，任太常掌故；景帝时，任御史大夫。主张重农贵粟，力倡削弱诸侯，更定法令，招致王侯权贵忌恨。后吴、楚等七国以"讨晁错以清君侧"为名，发动叛乱。景帝听从袁盎之计，将其腰斩于东市。②谋弱：谋划削弱。山东：指崤山以东。③为之说：（把晁错杀了来）向诸侯解释。

古之立大事者，不惟有超世之才，亦必有坚忍不拔之志。昔禹之治水①，凿龙门，决大河，而放之海。方其功之未成也，盖亦有溃冒冲突可畏之患②。惟能前知其当然，事至不惧，而徐为之所，是以得至于成功。夫以七国之强而骤削之③，其为变岂足怪哉？错不于此时捐其身④，为天下当大难之冲⑤，而制吴、楚之命；乃为自全之计⑥，欲使天子自将而己居守⑦。且夫发七国之难者谁乎？己欲求其名，安所逃其患⑧？以自将之至危⑨，与居守之至安，己为难首⑩，择其至安，而遗天子以其至危，此忠臣义士所以愤惋而不平者也。当此之时，虽无袁盎⑪，错亦不免于祸。何者？己欲居守，而使人主自将，以情而言，天子固已难之矣，而重违其议⑫，是以袁盎之说得行于其间。使吴、楚反，错以身任其危，日夜淬砺⑬，东向而待之，使不至于累其君⑭，则天子将恃之以为无恐。虽有百袁盎⑮，可得而间哉⑯？

【注释】 ①禹之治水：传说三皇五帝时期，黄河泛滥，大禹受命治水，对洪水进行疏导，长年在外与民众一起奋战，"三过家门而不入"，前后经历十三年，耗尽心血与体力，终于完成了治水的大业。②溃冒冲突：指洪水决堤、漫堤。③骤削：突然夺去。④捐其身：献出自己的全部身心。⑤当大难之冲：抵挡大难的先锋。⑥自全：自我保全。

⑦自将：亲自带兵出征。⑧安所：怎能、哪能。⑨至：非常、十分。⑩难首：挑起大难的罪魁祸首。⑪袁盎：西汉大臣，吴、楚七国叛乱，素与晁错不和的袁盎奏请汉景帝斩晁错以平众怒。⑫重违其议：难于违反其意（而勉强服从）。⑬淬砺：淬火和磨砺以使刀剑坚利，比喻刻苦磨炼，冲锋陷阵，发愤图强。⑭累：牵累、拖累。⑮百袁盎：一百个袁盎。⑯间：离间。

嗟夫！世之君子，欲求非常之功，则无务为自全之计①。使错自将而讨吴、楚，未必无功。惟其欲自固其身，而天子不悦，奸臣得以乘其隙。错之所以自全者，乃其所以自祸欤②！

【注释】　①无务为自全之计：不要考虑保全自己的计策。②自祸：自己给自己招来祸患。

【点评】　晁错是历史上的争议人物，曾提出"削藩"建议，后被汉景帝所杀。人们多认为晁错为主而死，比较可惜。苏轼在这篇文章里，对他进行翻案，以独特的视角，分析了晁错受祸原因，提出了仁人君子、豪杰之士应"出身为天下犯大难以求成功"的主张。作者之所以这样写，也是有感而发，他生活的时代，治平已久，文恬武嬉，积贫积弱，需要英雄人物和明君相互协作配合。全篇文章由虚而实，由实而气势滔滔，由气势滔滔而渐渐平缓，把舒缓与紧凑有机地融为一体。最后，文章的气势渐渐平缓，指出临危而逃是晁错取祸的原因，从而增重了题旨的作用。文章最出色的特点是，缓缓引入观点，不急不躁，水到渠成，待到所有论据都集中之后，论点自然而然地得出。正如南宋吕祖谦所说："此篇前面引人事说景帝虽为治平，有七国之变。此篇体制好，大概作文要渐渐引人来。"金圣叹《天下才子必读书》也说："此是先生破尽身见，独存义勇，而乃抒为妙文。后贤且只学其刀刀见血。"正是苏轼此文的优点所在。

上梅直讲书① 苏轼

　　轼每读《诗》至《鸱鸮》②，读《书》至《君奭》③，常窃悲周公之不遇④。及观史，见孔子厄于陈、蔡之间⑤，而弦歌之声不绝⑥；颜渊、仲由之徒⑦，相与问答⑧。夫子曰："匪兕匪虎，率彼旷野⑨，吾道非耶⑩？吾何为于此？"颜渊曰："夫子之道至大，故天下莫能容；虽然，不容何病⑪？不容然后见君子⑫。"夫子油然而笑曰⑬："回！使尔多财，吾为尔宰⑭。"夫天下虽不能容，而其徒自足以相乐如此⑮。乃今知周公之富贵，有不如夫子之贫贱。夫以召公之贤⑯，以管、蔡之亲⑰，而不知其心，则周公谁与乐其富贵？而夫子之所与共贫贱者，皆天下之贤才，则亦足以乐乎此矣！

　　【注释】　①梅直讲：即梅尧臣，字圣俞，曾任国子监直讲（辅佐博士的一种官职）。②《诗》：指诗经。《鸱鸮》：《诗经·豳风》的一篇。全诗四章，每章五句。诗中描写大鸟在鸱鸮抓去它的小鸟之后，为了防御外来的再次侵害，不怕辛劳保护自己的小鸟。③《书》：指尚书。《君奭（shì）》：《尚书·周书》篇名。周公摄政之时，冒天下之大不韪而居摄称王，引起争议。周公为了争取到召公的支持，推陈心志，作了这篇说辞。④周公：姓姬名旦，周文王四子、武王之弟，辅佐武王东伐纣王，并制作礼乐，被尊为"元圣"和儒学先驱。不遇：不得志。⑤孔子厄于陈、蔡之间：孔子及其弟子从陈国到蔡国的途中被围困，断绝粮食。⑥弦歌之声：弹琴和唱歌吟诗的声音。出自《论语·阳货》："子之武城，闻弦歌之声。"⑦颜渊：名回，字子渊。仲由：字季路。两人都是孔子的学生。⑧相与：相互参与。⑨匪兕匪虎，率彼旷野：我不是犀牛老虎那样的野兽，为什么要沦落到在野外游荡的境地。⑩吾道非耶：我坚持的道路不正确吗？⑪病：担心、担忧。⑫见君子：看得出你是君子。⑬油然：自然而然的样子。⑭宰：管家、总管。⑮自足：自我满足。⑯召公：又作"邵公"、"召康公"、"太保召公"。辅助周武王灭商，当政期间将其辖区治理得政通人和，贵族和平民都各得其所，备受爱戴。⑰管、蔡之亲：管、蔡，即管叔鲜、蔡叔度，是周文王之子、武王之弟。武王死后，年幼的成王继位，周公掌握国家大权。管叔和蔡叔怀疑周公的作为不利于成王，扶持武庚起兵叛乱。周公旦按成王旨意征伐叛军，诛斩武庚，杀死管叔而流放蔡叔。

轼七八岁时，始知读书。闻今天下有欧阳公者①，其为人如古孟轲、韩愈之徒②；而又有梅公者，从之游，而与之上下其议论③。其后益壮④，始能读其文词，想见其为人。意其飘然脱去世俗之乐而自乐其乐也⑤。方学为对偶声律之文⑥，求升斗之禄⑦，自度无以进见于诸公之间⑧。来京师逾年，未尝窥其门⑨。今年春，天下之士群至于礼部，执事与欧阳公实亲试之⑩。轼不自意获在第二⑪。既而闻之，执事爱其文，以为有孟轲之风，而欧阳公亦以其能不为世俗之文也而取焉，是以在此⑫。非左右为之先容^⑬，非亲旧为之请属^⑭，而向之十余年间^⑮，闻其名而不得见者，一朝为知己。退而思之，人不可以苟富贵^⑯，亦不可以徒贫贱，有大贤焉而为其徒，则亦足恃矣^⑰！苟其侥一时之幸，从车骑数十人^⑱，使闾巷小民聚观而赞叹之，亦何以易此乐也！

【注释】 ①欧阳公：欧阳修。②之徒：一类人。③上下其议论：共同议论文章。④益壮：日益成长，逐渐长大。⑤自乐其乐：陶醉在自己的快乐之中。⑥对偶声律：指诗赋骈文。⑦升斗之禄：微薄的俸禄。升斗，容量单位。十合为升，十升为斗。⑧度：猜度、估量。⑨窥其门：窥探，指登门拜访。⑩实：真的。⑪自意：自料，自认为。⑫是以在此：因此能留在及第的行列里。⑬先容：先替我推荐。⑭请属：请求嘱托。⑮向：从前、以前。⑯苟：苟且。⑰恃：依赖、仗着。指自负。⑱车骑：成队的车马。

《传》曰^①："不怨天，不尤人^②"，盖"优哉游哉，可以卒岁^③"。执事名满天下，而位不过五品，其容色温然而不怒^④，其文章宽厚敦朴而无怨言^⑤。此必有所乐乎斯道也。轼愿与闻焉！

【注释】 ①《传》：《左传》。②不怨天，不尤人：不抱怨天，不责怪人。③优哉游哉，可以卒岁：从容自得，能够度过天年。④容色温然：面色温和。⑤敦朴：质朴无华。

【点评】 宋仁宗嘉祐二年（公元 1067 年）苏轼进士及第，当时的主考官为欧阳修，参评官为梅尧臣。苏轼考中后，写了这封信表示自己对欧阳修、梅尧臣的感激之情，也反映出作者内心的抱负。这是一篇书信体的应用文。文章明显地分为两个部分：先援引史实说明虽周公、孔子这样的圣贤也会有困厄不遇之时，而孔子身处逆境却能知足常乐；后半篇则直叙作者早有仰慕欧阳修、梅尧臣之心而终于受到他们的赏识，并赞扬了梅尧臣之为人。乍看先是怀古，后转而叙今，似乎各有侧重，实际上前半篇是伏笔，后半篇则是实写，这正是本文写作上的独特之处。作者以他的读书心得开头，妙在不直言自己的仰慕结交之意（这是俗人的做法），也不直言自己对梅尧臣生平的看法（这样太突兀，读之恐梅公不喜），而是疏荡开去，以圣贤故事淡淡开头，而且叙述得有新意，令人耳目一新。作者用富贵而不快乐的周公，衬托出贫贱而快乐的孔子，既然欧、梅互引为知己，苏轼又深表自己以受知于二人为至乐之心，则苏轼也自许二人为自己的知己了。苏轼以大贤为知己，即自期为大贤之意表露无遗。当然文章章法妙处不止于此，作者心态是非常镇定从容的，真正表现出作者的倾心结纳之意的，其实只有全文最后一句。换了一般人，一定会焦急地将最后一句放在开头来表明心迹。这样力气在第一口就泄光了；不像这篇始终含着一口气，从容不迫缓缓吐露，气势深厚又浑然一体。这也是本文"格高"的所在。作者在几百字之内，拿孔子作比，给梅尧臣拍了一个至高无上、极其巧妙又极为真实的马屁，在表现了对考官好感的同时，又不露痕迹地显示了自己的野心。胸襟之大，见识之深可见一斑。

喜雨亭记 苏轼

亭以雨名，志喜也①。古者有喜，则以名物②，示不忘也。周公得禾，以名其书③；汉武得鼎，以名其年④；叔孙胜狄，以名其子⑤。其喜之大小不齐，其示不忘一也⑥。

【注释】 ①志喜：纪念喜庆的事件。志，记录。②名物：给事物命名。③周公得禾，以名其书：周成王得一种罕见的禾苗，转送周公，周公便写了一篇《嘉禾》。④汉武得鼎，以名其年：汉武帝得到一个宝鼎，于是改年号为元鼎元年。⑤叔孙胜狄，以名其子：鲁文公派叔孙得臣抵抗北狄入侵，大胜北狄，俘获北狄国君侨如。叔孙得臣遂把他儿子的名字改为"侨如"。⑥一：一样。

余至扶风之明年①，始治官舍。为亭于堂之北，而凿池其南。引流种木②，以为休息之所。是岁之春，雨麦于岐山之阳③，其占为有年④。既而弥月不雨⑤，民方以为忧。越三月⑥，乙卯乃雨，甲子又雨，民以为未足。丁卯大雨，三日乃止。官吏相与庆于庭，商贾相与歌于市⑦，农夫相与忭于野⑧。忧者以喜，病者以愈，而吾亭适成。

【注释】 ①扶风：即凤翔府，今陕西凤翔县。苏轼曾做过凤翔府判官。②引流：引来水源。③雨麦：麦苗返青时正好下雨。岐山之阳：岐山的南面。岐山，位于陕西省西部。④占为有年：占卜认为今年庄稼将大丰收。有年，丰收、年成好。⑤既而：然而。弥月：满月。⑥越三月：过了三个月。⑦商贾：商人，做买卖的人。行走贩卖货物为商，住着出售货物为贾。⑧忭（biàn）于野：在田野里一起欢笑。忭，喜悦。

于是举酒于亭上，以属客而告之①，曰："五日不雨可乎？"曰："五日不雨则无麦。""十日不雨可乎？"曰："十日不雨则无禾②。""无麦无禾，岁且荐饥③。狱讼繁兴而盗贼滋炽④，则吾与二三子虽欲优游以乐于此亭⑤，其可得耶？今天不遗斯民，始旱而赐之以雨，使吾与二三子得相与优游以乐于此亭者，皆雨之赐也，其又可忘耶？"

【注释】 ①属客：同"嘱"，意为劝酒。②禾：水稻。③岁且荐饥：年成就会荒废了。荐饥，连年灾荒。④滋炽：滋长蔓延，指猖獗起来。滋，增多。⑤优游：安闲舒适，悠然自得。

既以名亭，又从而歌之，曰："使天而雨珠①，寒者不得以为襦②；使天而雨玉③，饥者不得以为粟。一雨三日，伊谁之力④？民曰太守，太守不有，归之天子；天子曰不然⑤，归之造物⑥；造物不自以为功，归之太空。太空冥冥⑦，不可得而名，吾以名吾亭。"

【注释】 ①雨珠：下珍珠。②襦（rú）：短袄。③雨玉：下宝玉。④伊谁之力：这是谁的功劳呢。伊，语气词。⑤不然：不是这样。⑥造物：造物主（上帝）或指上天。⑦冥冥：渺茫高远的样子。

【点评】　《喜雨亭记》是北宋文学家苏轼创作的一篇散文。文章从该亭命名的缘由写起，记述建亭经过，表达人们久旱逢雨时的喜悦心情，反映了作者儒家重农、重民的仁政思想。开篇点题，为全文之纲。第二段叙修亭经过，点明修亭之人、时间、地点及周围环境。第三段离议论于对话之中，进一步说出亭与喜雨之关系。最后一段以歌作结。

苏轼精于文字技巧，文章安排错落有致，跌宕起伏，一反亭台游记写法的俗套，集叙述、议论、抒情于一体，可谓运笔生辉，出手不凡。文中有关"雨"的叙述最为精妙。雨麦占吉、弥月不雨、乙卯乃雨、甲子又雨、丁卯大雨，本是枯燥乏味的罗列，但为了说明个中因由，上述交代必须要有，之后"乃雨"、"又雨"、"大雨"的层层蓄势，将"雨"的来龙去脉交代清楚，而如何与名亭相关联，关键在于怎样恰当地选择"停止点"。文中言"雨"之后，继以描写各阶层人民"喜雨"之状，"忧者以喜，病者以愈"，把喜庆气氛推向高潮。在万民庆贺喜雨降临的浓染之中，苏轼笔锋骤转，以"吾亭适成"信笔带过，不仅衔接自然得体，而且时机掌握得恰到好处，真可谓多一笔则冗，少一笔则亏。这样的叙述结构，正体现了苏轼"常行于所当行，常止于不可不止"的写作风格。封建时代，为官者建亭供游乐本是常事，而苏轼这样一位为政清廉、崇尚节俭的官吏，断不会建豪华的丽亭美池。苏轼巧妙地"即小见大，以无化有"，以"亭"、"雨"、"喜"为线索，把忧民之所忧，乐民之所乐作为旨归，熔铸成章，充分体现出"随物赋形"、挥洒自如的写作才能。

潮州韩文公庙碑^①　苏轼

匹夫而为百世师，一言而为天下法^②，是皆有以参天地之化^③，关盛衰之运^④。其生也有自来，其逝也有所为^⑤。故申、吕自岳降^⑥，傅说为列星^⑦，古今所传，不可诬也^⑧。

【注释】　①潮州：今广东潮安县。韩文公：即韩愈，字退之，世称韩昌黎、昌黎先生，唐代杰出的文学家、哲学家、思想家。谥号文，又称韩文公。②法：效法的准则。③参天地之化：与天地化育万物相提并论。④关盛衰之运：关系到事物兴盛衰亡的命运。⑤逝也有所为：他的去世也是有原因的。⑥申、吕自岳降：申伯和吕侯是山岳之神降生的。申、吕，指周宣王时的申伯和吕侯。⑦傅说为列星：傅说死后飞升上天，和众星并列。傅说，商王武丁的宰相。⑧诬：否认。

孟子曰："我善养吾浩然之气^①。"是气也，寓于寻常之中，而塞乎天地之间。卒然遇之^②，则王公失其贵^③，晋、楚失其富^④，良、平失其智^⑤，贲、育失其勇^⑥，仪、秦失其辩^⑦。是孰使之然哉？其必有不依形而立^⑧，不恃力而行^⑨，不待生而存，不随死而亡者矣！故在天为星辰，在地为河岳^⑩，幽则为鬼神，而明则复为人。此理之常，无足怪者。

【注释】 ①我善养吾浩然之气：我很擅长滋养我的正直之气。语出《孟子·公孙丑上》。浩然之气，盛大刚直的正气。②卒然：突然。③王公失其贵：王公贵族就会失去他们的尊贵。④晋、楚失其富：晋国、楚国就显示不出它们的富有。⑤良、平失其智：张良、陈平就会失去他们的智慧。良、平，张良、陈平，西汉谋臣。⑥贲、育失其勇：孟贲、夏育就会失去他们的勇力。贲、育：孟贲、夏育，古代武士。⑦仪、秦失其辩：张仪、苏秦就会失去他们的辩才。仪、秦，张仪、苏秦。战国游说列国的纵横家，擅长论辩。⑧依形而立：依附形体而成立。⑨恃力而行：依靠外力而行动。⑩河岳：河川山岳。

自东汉以来，道丧文弊①，异端并起②。历唐贞观、开元之盛，辅以房、杜、姚、宋而不能救③。独韩文公起布衣④，谈笑而麾之⑤，天下靡然从公⑥，复归于正，盖三百年于此矣。文起八代之衰⑦，而道济天下之溺⑧；忠犯人主之怒⑨，而勇夺三军之帅。此岂非参天地⑩、关盛衰，浩然而独存者乎？

【注释】 ①道丧文弊：道统丧失，文学衰蔽。②异端：佛、道等邪说。③房、杜：房玄龄、杜如晦，贞观年间贤相。姚、宋：姚崇、宋璟，开元年间贤相。④布衣：普通人。⑤麾：指挥。⑥靡然从公：纷纷倾倒追随他。⑦文起八代之衰：使八代以来的衰败文风得到振兴。八代，东汉、魏、晋、宋、齐、梁、陈、隋。此时骈文盛行，文风衰败。⑧道济天下之溺：使天下人在沉溺佛道邪教中得到拯救。谓提倡儒家之道，使天下人不受佛教、道教之害。济，拯救。⑨忠犯人主之怒：他的忠诚曾触怒了皇帝。唐宪宗迎佛骨入宫，韩愈直谏，几被处死，经大臣营救，贬为潮州刺史。⑩参天地：与天地化育万物相并列。

　　盖尝论天人之辨，以谓人无所不至，惟天不容伪[1]。智可以欺王公，不可以欺豚鱼[2]；力可以得天下，不可以得匹夫匹妇之心。故公之精诚，能开衡山之云[3]，而不能回宪宗之惑[4]；能驯鳄鱼之暴[5]，而不能弭皇甫镈、李逢吉之谤[6]；能信于南海之民，庙食百世[7]，而不能使其身一日安于朝廷之上。盖公之所能者天也，其所不能者人也。

　　【注释】　①天不容伪：天不容许人弄虚作假。②智可以欺王公，不可以欺豚鱼：人的智谋可以欺骗王公贵族，却不能欺骗小猪和小鱼。豚鱼，小猪和小鱼，泛指小动物。③开衡山之云：驱散衡山的阴云。韩愈赴潮州途中，谒衡岳庙，因诚心祝祷，天气由阴晦转晴。④回宪宗之惑：挽回宪宗佞佛的执迷不悟。⑤驯鳄鱼之暴：驯服鳄鱼的凶暴。传说韩愈被贬为潮州刺史时，听说潮州境内的恶溪中有鳄鱼为害，就写下了《祭鳄鱼文》来劝诫鳄鱼搬迁。不久，恶溪之水西迁六十里，潮州境内永远消除了鳄鱼之患。⑥弭皇甫镈、李逢吉之谤：制止皇甫镈、李逢吉的诽谤。弭，消除。⑦庙食：指死后立庙，受人奉祀，享受庙堂祭祀。

　　始潮人未知学，公命进士赵德为之师，自是，潮之士皆笃于文行[1]，延及齐民[2]，至于今，号称易治。信乎孔子之言："君子学道则爱人，小人学道则易使也[3]。"潮人之事公也，饮食必祭，水旱疾疫，凡有求必祷焉。而庙在刺史公堂之后，民以出入为艰[4]。前守欲请诸朝作新庙，不果[5]。元祐五年，朝散郎王君涤来守是邦[6]，凡所以养士治民者[7]，一以公为师[8]。民既悦服，则出令曰："愿新公庙者，听[9]。"民欢趋之，卜地于州城之南七里[10]，期年而庙成[11]。

【注释】 ①笃于文行：专心于学问和品行的修养。②延及齐民：影响到普通百姓。齐民，平民。③易使：容易治理。④艰：艰难，不方便。⑤不果：没有成功。⑥朝散郎：五品文官。⑦养士治民：培养士人，治理百姓。⑧一：全部、完全。⑨听：听从命令。⑩卜：占卜来选择地址。⑪期年：满一年。

或曰："公去国万里而谪于潮，不能一岁而归①，没而有知②，其不眷恋于潮也，审矣③！"轼曰："不然。公之神在天下者，如水之在地中，无所往而不在也。而潮人独信之深，思之至，焄蒿凄怆④，若或见之。譬如凿井得泉，而曰水专在是，岂理也哉！"

【注释】 ①一岁：一年。②没而有知：死后有知。③审：明白、清楚。④焄（xūn）蒿凄怆：祭祀时引起悲伤的情感。焄，指祭物的香气。蒿，香气蒸发上升的样子。

元丰七年，诏封公昌黎伯，故榜曰"昌黎伯韩文公之庙"。潮人请书其事于石，因作诗以遗之，使歌以祀公。其词曰：

公昔骑龙白云乡，手抉云汉分天章①，天孙为织云锦裳②。飘然乘风来帝旁，下与浊世扫秕糠③。西游咸池略扶桑④，草木衣被昭回光⑤。追逐李、杜参翱翔⑥，汗流籍、湜走且僵⑦，灭没倒影不能望。作书诋佛讥君王，要观南海窥衡湘⑧，历舜九嶷吊英皇⑨。祝融先驱海若藏⑩，约束蛟鳄如驱羊。钧天无人帝悲伤⑪，讴吟下招遣巫阳⑫。犦牲鸡卜羞我觞⑬，于粲荔丹与蕉黄⑭。公不少留我涕滂⑮，翩然被发下大荒⑯。

【注释】 ①手抉云汉分天章：双手拨动银河，挑开天上的云彩，织女替您织成云锦衣裳。天章，文采。②天孙：星名，即织女星。③秕糠（bǐ kāng）：本指米的皮屑，这里比喻邪说异端。④西游咸池略扶桑：在西边游览了咸池，巡视了扶桑。咸池，神话中太阳沐浴的地方。略，到。扶桑，神话中日没的地方。⑤草木衣被昭回光：草木都披上了您的恩泽，承受着您的光辉普照。指韩愈的道德文章辉映一代，如同日月光照大地，泽及草木。⑥追逐李、杜参翱翔：追随李白、杜甫，与他们一起比翼翱翔。⑦汗流籍、湜走且僵：张籍、皇甫湜奔跑流汗、两腿都跑僵了。汗流、走且僵：形容追赶不上。籍、湜：张籍和皇甫湜，唐代文学家，韩愈同时代人。⑧衡湘：衡山和湘水。⑨历舜九嶷吊英皇：经过了埋葬帝舜的九嶷山，凭吊了娥皇和女英。九嶷，山名，又名苍梧，在今湖南省宁远县境内。英、皇：女英、娥皇，尧帝的两个女儿，同嫁舜帝为妃。⑩祝融先驱海若藏：祝融在前面开路，海若躲藏起来了。祝融，火神。海若，海神。⑪钧天：天的中央。⑫讴吟下招遣巫阳：天帝感到悲伤，派巫阳唱着歌到下界招您的英魂上天。讴吟，唱歌。巫阳，神巫的名字。⑬犦（bào）牲鸡卜羞我觞：用犦牛做祭品，用鸡卜来占卜，进献酒觞。犦牲：犦牛。鸡卜，用鸡骨卜卦。⑭于粲荔丹与蕉黄：祭品有殷红的荔枝，金黄的香蕉。⑮涕滂：泪下如雨。⑯翩然被发下大荒：祈望韩愈快快降临人世享受祭祀。被，通"披"。大荒，即大地。

【点评】　苏轼此篇碑文，是对韩愈本人极高的赞誉，文中仅一句"文起八代之衰，道济天下之溺"便道尽无限深意。开篇启君子之浩然之气，正是凭借着这股正气，韩文公开古文运动，正八代之风，犯人主之怒，夺三军之帅。而当言及"匹夫而为百世师，一言而为天下法"，便是指韩愈本人。自古而言文人相轻，文中却不尽然。苏轼、韩愈几经坎坷，贬谪似乎生平常态。或许正是因为这何其相似的经历，读者能感受到苏轼对韩愈的深重敬意，自是，惺惺相惜之情处处可见。"公去国万里而谪于潮，不能一岁而

归"，会令人想起韩愈的那句"夕贬潮州路八千"。两番情景对比，韩文公一
生经历的波折，似乎又有了定论。即便遭逢贬谪，未满一年的任期，却给潮
州人民留下了深刻的印象，"潮人之事公也，饮食必祭，水旱疾疫，凡有求
必祷焉"；"而潮州人独信之深，思之至，焄蒿凄怆，若或见之"。不禁让人
发问，是什么样的官员才当得起如此殊荣，深得民心而得到百姓的拥戴，
"能信于南海之民，庙食百世"——即便这是他仕途中不顺的一劫。"始潮人
未知学，公命进士赵德为之师。自是，潮之士皆笃于文行，延及齐民。"正
如君子，有所为，有所不为。为官，韩愈遵其本心；为人，他正其身。于天
理自然，他得民心，治民严谨有作为；而于人事，忠而遭受贬谪，他专程赴
万里之约，来为潮州人民谋求福祉。于是，"盖公之能者天也，其所不能者
人也。"虽然遭贬，不失浩然之气。任期虽短，却留下了一段话不完的悠长
的历史赞歌。这便是苏轼眼中的韩愈、潮州人民的韩文公，也体现了作者所
向往、追求的目标。

前赤壁赋　苏轼

壬戌之秋，七月既望①，苏子与客泛舟游于赤壁之下②。清风徐来，水波不兴。举酒属客③，诵明月之诗④，歌窈窕之章⑤。少焉，月出于东山之上，徘徊于斗牛之间⑥。白露横江⑦，水光接天。纵一苇之所如⑧，凌万顷之茫然⑨。浩浩乎如冯虚御风⑩，而不知其所止；飘飘乎如遗世独立⑪，羽化而登仙⑫。

【注释】　①既望：农历每月的十六日。望，农历十五日。②苏子：即作者苏轼。③属（zhǔ）客：劝客人喝酒。属，通"嘱"，致意。④明月之诗：指《诗经·陈风·月出》。⑤窈窕之章：《诗经·陈风·月出》的第一句："月出皎兮，佼人僚兮，舒窈纠兮，劳心悄兮。"⑥徘徊于斗牛之间：在斗宿星与牛宿星之间来回移动。斗牛，星座名，即斗宿、牛宿。⑦白露横江：白茫茫的水气笼罩着江面。⑧纵一苇之所如：任凭小船在宽广的江面上飘荡。纵，任凭。一苇，像一片苇叶那么小的船。⑨茫然：旷远的样子。⑩冯虚御风：驾风凌空飞行。冯，通"凭"，乘。虚，太空。御，驾驭。⑪遗世独立：遗弃尘世，独自存在。⑫羽化而登仙：道教把成仙叫作"羽化"，认为成仙后能够飞升，感觉身轻得似要离开尘世飘飞而去。

于是饮酒乐甚，扣舷而歌之^①。歌曰："桂棹兮兰桨^②，击空明兮溯流光^③。渺渺兮予怀^④，望美人兮天一方^⑤。"客有吹洞箫者，倚歌而和之^⑥。其声呜呜然，如怨如慕，如泣如诉^⑦，余音袅袅，不绝如缕。舞幽壑之潜蛟^⑧，泣孤舟之嫠妇^⑨。

【注释】　①扣舷：敲打着船边。②桂棹兮兰桨：用桂树做的棹，用兰木做的桨。③击空明兮溯流光：迎击闪映着月光的微波，逆着流水的泛光。空明，月亮倒映水中的澄明之色。流光，在水波上闪动的月光。④渺渺兮予怀：我的心思飘得很远很远。渺渺，悠远的样子。⑤望美人兮天一方：向往伊人在天涯那一方。美人，指自己所怀念向往的人。⑥倚：随、循。⑦如怨如慕，如泣如诉：像是哀怨，像是思慕，像是啜泣，像是倾诉。怨，哀怨。慕，眷恋。⑧舞幽壑之潜蛟：使深谷的蛟龙感动得起舞。⑨泣孤舟之嫠（lí）妇：使孤舟上的寡妇伤心哭泣。嫠妇，孤居的妇女。

苏子愀然^①，正襟危坐而问客曰："何为其然也?"客曰："'月明星稀，乌鹊南飞^②'，此非曹孟德之诗乎? 西望夏口，东望武昌，山川相缪^③，郁乎苍苍^④，此非孟德之困于周郎者乎? 方其破荆州，下江陵^⑤，顺流而东也，舳舻千里^⑥，旌旗蔽空，酾酒临江^⑦，横槊赋诗^⑧，固一世之雄也，而今安在哉? 况吾与子渔樵于江渚之上^⑨，侣鱼虾而友麋鹿^⑩，驾一叶之扁舟，举匏樽以相属^⑪。寄蜉蝣于天地^⑫，渺沧海之一粟。哀吾生之须臾^⑬，羡长江之无穷。挟飞仙以遨游^⑭，抱明月而长终。知不可乎骤得，托遗响于悲风^⑮。"

【注释】　①愀然：容色改变的样子。②月明星稀，乌鹊南飞：出自曹操《短歌行》一诗。③相缪：互相缠绕。缪，通"缭"，盘绕。④郁乎：草木茂盛的样子。⑤破荆州，下江陵：攻陷荆州，夺得江陵。⑥舳舻（zhú lú）：指首尾衔接的船只。舳，指船尾。舻，指船头。⑦酾（shī）酒临江：在江边持酒而饮。酾酒，斟酒。⑧横槊（shuò）：横执长矛。⑨渔樵于江渚之上：在江边的水渚上捕鱼砍柴。⑩侣鱼虾而友麋鹿：以鱼虾为伴侣，以麋鹿为友。⑪匏樽（páo zūn）：匏制的酒樽。泛指饮具。⑫寄蜉蝣于天地：就像生命短暂的蜉蝣置身于恒久的天地中。蜉（fú）蝣，夏秋之交生于水边的一种昆虫，只能存活几个小时。⑬须臾：片刻，时间极短。⑭飞仙：飞天的仙人。⑮托遗响于悲风：托寄在悲凉的秋风中。遗响，余音，指箫声。悲风，秋风。

苏子曰："客亦知夫水与月乎？逝者如斯，而未尝往也①；盈虚者如彼，而卒莫消长也②。盖将自其变者而观之，则天地曾不能以一瞬③；自其不变者而观之，则物与我皆无尽也④，而又何羡乎！且夫天地之间，物各有主，苟非吾之所有，虽一毫而莫取。惟江上之清风，与山间之明月，耳得之而为声，目遇之而成色，取之无禁，用之不竭，是造物者之无尽藏也，而吾与子之所共适⑤。"

【注释】 ①未尝往：并没有真正逝去。②卒莫消长：最终并没有增加或减少。③天地曾不能以一瞬：天地间没有一瞬间不发生变化。④物与我皆无尽：万物与自己的生命同样无穷无尽。⑤共适：共享。

客喜而笑，洗盏更酌。肴核既尽①，杯盘狼藉。相与枕藉乎舟中②，不知东方之既白③。

【注释】 ①肴核：荤菜和果品。②枕藉：相互枕着垫着。③既白：

已经露出白色，指天快亮了。

【点评】　《前赤壁赋》行走自由、如诗似画，无愧赋中杰出代表。苏轼因"乌台诗案"贬谪黄州，其间，他纵情山水，两赋赤壁。古人有云："东坡《赤壁》二赋，一洗万古，欲仿佛其一语，毕世不可得也。"《前赤壁赋》描绘了赤壁秋夜清幽旷渺的优美景色及夜月泛舟的飘逸兴致。纵观全文，文章分三层来表现作者复杂矛盾的内心世界：首先写月夜泛舟大江，饮酒赋诗，美景中忘乎世俗；再从凭吊历史人物的兴亡，感到人生短促，变动不居，跌入现实的苦闷；最后阐发变与不变的哲理，申述人类和万物同样是永久地存在，表现了旷达乐观的人生态度。从文章结构体裁来看，此文既保留了传统赋体的诗歌气韵，同时又吸取了散文的笔调和手法，打破了赋在句式、声律的对偶等方面的束缚，使文章兼具诗歌的深致情韵，又有散文的透辟理念。总之，《前赤壁赋》以文为赋，藏韵于不觉，借客设问，感悟人生。再看全赋景色。秋江的清风，澄净的星空，月移船行。无边的风月渺渺入怀，人好像在仙界飘。正当主客陶然其中正感到一个"乐"字时，"客有吹洞箫者，倚歌而和之"，刹那间情绪转向了莫名的惆怅。这是借景生情，景是情的外观；情由景生，情是景的内涵。接着，由"月明星稀，乌鹊南飞"，再从客的口中，用曹操这个历史人物来抒发感情。就文章情感而言，情景交融达到了极致。《前赤壁赋》景美境更美。一叶扁舟浮在茫茫江面，月色水光与天宇合一。文章写的是常景，方苞曰："所见无绝殊者，而文境邈不可攀。"文章写的是山水，是风月。为什么有如此感人的魅力呢？总览全文，谐写景、抒情、议论哲理于一体，熔社会、人生、自然于一炉，俯察人与宇宙，充满人事沧桑与吾生有涯的感叹，凡此种种，皆使《前赤壁赋》之魅力千古不绝。

153

后赤壁赋 苏轼

是岁十月之望①，步自雪堂②，将归于临皋③。二客从予，过黄泥之坂④。霜露既降，木叶尽脱；人影在地，仰见明月。顾而乐之，行歌相答⑤。

【注释】 ①望：农历每月的十五日。②雪堂：苏轼在黄州东坡旁边所建的五间新居。据其《雪堂记》载：此堂在大雪时建成，画雪景于四壁，故名"雪堂"。③临皋：地名，在黄州城南临江处。作者到黄州不久就迁居临皋亭。④黄泥之坂：往来于雪堂与临皋之间的山坡小路。坂，斜坡、山坡。⑤行歌相答：（主人和客人）一边行走一边吟诗，互相唱和。

已而叹曰："有客无酒，有酒无肴；月白风清，如此良夜何？"客曰："今者薄暮，举网得鱼，巨口细鳞，状如松江之鲈①。顾安所得酒乎②？"归而谋诸妇。妇曰："我有斗酒，藏之久矣，以待子不时之需。"

【注释】 ①松江之鲈：松江的鲈鱼。松江县产四腮鲈鱼，无鳞，味美。②顾：只是、可是。安所：哪里。

于是携酒与鱼，复游于赤壁之下。江流有声，断岸千尺^①，山高月小，水落石出。曾日月之几何^②，而江山不可复识矣！

【注释】 ①断岸：悬崖绝壁。②曾日月之几何：才过了多少日子。日月，指日月的运行。

予乃摄衣而上^①，履巉岩，披蒙茸^②，踞虎豹，登虬龙^③；攀栖鹘之危巢^④，俯冯夷之幽宫^⑤。盖二客不能从焉。划然长啸^⑥，草木震动，山鸣谷应，风起水涌。予亦悄然而悲^⑦，肃然而恐^⑧，凛乎其不可留也^⑨。反而登舟^⑩，放乎中流^⑪，听其所止而休焉^⑫。时夜将半，四顾寂寥。适有孤鹤，横江东来，翅如车轮，玄裳缟衣^⑬，戛然长鸣^⑭，掠予舟而西也。

【注释】 ①摄衣：提起衣襟。②履巉岩，披蒙茸：经过陡峭的岩石，拨开茂密的草木丛。履，经过。巉，陡峭险峻。蒙茸，草木茂盛的样子。③踞虎豹，登虬龙：坐在样子像虎豹一样的石头上，登上弯曲得像虬龙一般的树木。踞，坐在。虬龙，长着两只角的龙。这里指树干弯曲形似虬龙的树木。④攀栖鹘之危巢：攀上鹰隼所筑巢穴的高处。栖，栖息，鸟类睡觉。鹘，隼，鹰的一种。⑤俯冯夷之幽宫：俯视水神所居住的幽深的宫殿。冯夷，古代汉族神话中的黄河水神。⑥划然：象声词。形容长啸的声音划破天空。⑦悄然：忧愁的样子。⑧肃然：严肃、严正的样子。⑨凛乎：恐惧的样子。⑩反：通"返"，返回。⑪放乎中流：在江水中任其漂流。⑫听其所止而休：任凭船停在哪里就在哪里休息。听，听凭、任凭。⑬玄裳缟衣：下服是黑的，上衣是白的。玄，黑色。缟，白色。⑭戛然：形容嘹亮的鸟鸣声。

须臾客去，予亦就睡^①。梦一道士，羽衣蹁跹^②，过临皋之下，揖予而言曰："赤壁之游乐乎?"问其姓名，俛而不答^③。"呜呼噫嘻！我知之矣！畴昔之夜^④，飞鸣而过我者，非子也耶?"道士顾笑^⑤，予亦惊寤^⑥。开户视之^⑦，不见其处。

【注释】 ①就睡：快睡着了。就，接近。②羽衣蹁跹：穿着羽衣，轻快地走着。羽衣，指道士穿的用鸟羽制成的衣服。③俛：通"俯"，低头。④畴昔之夜：昨天晚上。畴昔，往昔、以前。⑤顾：回头看。⑥惊寤：惊醒，猛然醒悟。⑦户：门，古代指单扇门。

【点评】 《后赤壁赋》和《前赤壁赋》，创作时间相隔不过三个月，写作时的语气还连接着，但作者创造的境界却处于对照中，思想情感也处于两般境地，或者说处于矛盾之中。观念永不能代替实感，抽象总是遗漏丰富的细节，而细节往往与情感相连。此首为东坡在黄州再游赤壁之作。上阕前两句营造了一个夜深人静、月挂疏桐的孤寂氛围，为幽人、孤鸿的出场作铺垫。接下来的两句，先是点出一位独来独往、心事浩茫的幽人形象，随即轻灵飞动地由幽人而孤鸿，使这两个意象产生对应和契合，给人以无限的联想。下阕专写孤鸿遭遇不幸，心怀幽恨，拣尽寒枝不肯栖息，只好落宿于荒冷的沙洲。词人以象征手法，匠心独运地通过鸿的孤独缥缈、惊起回头、怀抱幽恨和寻栖身之所，表达了作者贬谪黄州时期的孤寂处境和高洁自许、不愿随波逐流的心境。在文章结构上，与赋体相比，它更为散化；与散文相比，它又改变了惯常以议论、说理、叙事为体式的特点，而借用了诗歌的"意境"来传情达意。再看情景交融，《后赤壁赋》不管是景物的描写、气氛的营造、深刻的情感转换、飘逸的人生观，都在苏轼简洁的文句中清晰地表露，这样的修为本身是非常难得的。苏轼之观水逝而惆怅，知道永恒为虚言；对俗客而生悲，怀想世外之高人。其理之通塞，其情之悲喜，其境之或明或暗，或空明或幽峭，正表明了其思想中那神秘的感情诱发者，也看得出他困在哲思与人生的矛盾中。全文表面上是写再游赤壁之乐，其实是曲折地宣泄自己贬谪生活的郁闷，同时也是形象地演绎自己的人生哲学。文章以乐为主调，而情有跌宕抑扬，婉曲奇丽。

方山子传　苏轼

方山子①，光、黄间隐人也②。少时慕朱家、郭解为人③，闾里之侠皆宗之④。稍壮，折节读书⑤，欲以此驰骋当世，然终不遇。晚乃遁于光、黄间⑥，曰岐亭⑦。庵居蔬食⑧，不与世相闻；弃车马，毁冠服，徒步往来山中，人莫识也。见其所着帽，方耸而高，曰："此岂古方山冠之遗象乎⑨？"因谓之"方山子"。

【注释】　①方山子：即陈慥，字季常，饱参禅学，自称龙丘先生，又曰方山子，与苏轼是好友，常与之论兵及古今成败，喜好宾客，蓄纳声妓。②光、黄间：光州、黄州两州交界的地方。隐人：隐居的士人。③朱家、郭解：两人都是西汉时著名游侠，喜欢行侠仗义，为人排忧解难。《史记》中有传。④闾里：乡里、里巷。⑤折节：改变以前的志趣和行为。⑥遁：逃避。⑦岐亭：宋时黄州的一个镇名。⑧庵居蔬食：居住在庙庵里，吃着素食。⑨方山冠：汉代祭祀宗庙时乐舞者所戴的一种帽子。唐宋时，隐者常喜戴之。

余谪居于黄①，过岐亭，适见焉②。曰："呜呼！此吾故人陈慥季常也，何为而在此？"方山子亦矍然③，问余所以至此者。余告之故。俯而不答，仰而笑。呼余宿其家。环堵萧然④，而妻子奴婢皆有自得之意⑤。余既耸然异之⑥。

【注释】 ①谪：贬谪、降职。②适：恰巧、正好。③矍然：惊讶注视的样子。④环堵萧然：室内一无所有。⑤自得：怡然自适。⑥耸然：惊讶的样子。

独念方山子少时，使酒好剑①，用财如粪土。前十九年，余在岐山，见方山子从两骑②，挟二矢③，游西山。鹊起于前，使骑逐而射之，不获；方山子怒马独出④，一发得之。因与余马上论用兵及古今成败⑤，自谓一时豪士。今几日耳，精悍之色犹见于眉间，而岂山中之人哉⑥？

【注释】 ①使酒：酗酒放纵自己。②骑：骑的马或乘坐的其他动物。③矢：弓箭。④怒马：使马怒，即纵马向前。⑤马上：在马上。⑥山中之人：指隐居在山中的人。

然方山子世有勋阀①，当得官；使从事于其间，今已显闻。而其家在洛阳，园宅壮丽与公侯等②。河北有田，岁得帛千匹，亦足以富乐。皆弃不取，独来穷山中③，此岂无得而然哉④？余闻光、黄间多异人，往往佯狂垢污⑤，不可得而见。方山子傥见之欤⑥？

【注释】 ①世有勋阀：世代有功勋，属世袭门阀。②等：相等、相同。③穷：穷僻。④得而然：有会心相合之处才这样。⑤佯狂：佯装疯癫。⑥傥：或者。

【点评】 本文重点写隐居时的生活和思想态度（"随物赋形"），用字准确而含蓄，字里行间充满感情，写出作者想见已久而又不期而遇的喜悦之情，渲染了方山子隐士的特征。文章选取人物活动的特写镜头和表现人物性格的生活场景，一个形象丰满生动、见心灵、见性格的人物便活生生地展现出来了。文章在结构上取顺叙与倒叙相结合。第一段极简略地叙述了传主的经历，并交代其名号由来和方山子独有的特征，给人留下悬念。第二段写两人在岐亭相遇。方山子"笑"，对两人命运的相似而表达自嘲，他看破尘世心境豁达，却也不愿明着再多提些什么。第三段开头让我们隐隐感觉到作者对方山子境界的佩服，也引起他对旧事的记忆。第四段背景描写，叙说方山子弃富贵而甘萧索，舍弃一切隐居山中只因"无得而然"。文章到此，几乎都是铺垫。最后一段，方山子和"佯狂垢污"有相同的境遇，不同的作法。苏轼借方山子表明自己的意向，也表露出对方山子的欣赏。前面写的每句话中没有一句是无用的，信息的布局却也巧妙，语言一气呵成，行云流水。作者的情感在其中若隐若现，不隐晦却也不明朗，给读者思考、想象的空间。苏轼这篇文章，"醉翁之意不在酒"，表面是为方山子抱不平，骨子里是在发泄对宋朝廷的愤怒，对北宋政权极度不满和丧失了信心。作者通篇无一字一句愤懑之语，可字字句句都凝聚着苏轼对统治者的痛斥。

日喻① 苏轼

生而眇者不识日②，问之有目者。或告之曰："日之状如铜槃。"扣槃而得其声③，他日闻钟，以为日也。或告之曰："日之光如烛。"扪烛而得其形④，他日揣籥⑤，以为日也。日之与钟、籥亦远矣，而眇者不知其异，以其未尝见而求之人也。

【注释】 ①日喻：对太阳的比喻。②生而眇（miǎo）者：生下来就目盲的人。眇：原指一目失明，这里指双目失明。③扣槃：敲打盘子。槃（pán）：盘子。④扪烛：用手摸蜡烛。⑤籥（yuè）：同"龠"。古代竹质的类似笛子的管乐器。

道之难见也甚于日①，而人之未达也②，无以异于眇。达者告之，虽有巧譬善导③，亦无以过于槃与烛也。自槃而之钟④，自烛而之籥，转而相之⑤，岂有既乎⑥？故世之言道者，或即其所见而名之，或莫之见而意之，皆求道之过也。

【注释】 ①道：道理、规律。②未达：没有理解。③巧譬善导：巧妙的比喻，很好的开导。④之：到。⑤转：辗转反复。⑥既：完成，尽头。

然则道卒不可求欤？苏子曰："道可致而不可求①。"何谓致？孙武曰："善战者致人，不致于人②。"子夏曰③："百工居肆，以成其事④，君子学以致其道。"莫之求而自至，斯以为致也欤？

【注释】　①致：自然而然地得到。②善战者致人，不致于人：善于用兵的人能使敌人自投罗网，而不陷入敌人的圈套。③子夏：卜商，字子夏，孔子弟子。④百工居肆，以成其事：各行各业的人在作坊里，完成他们的业务。

南方多没人①，日与水居也。七岁而能涉②，十岁而能浮③，十五而能没矣。夫没者岂苟然哉④？必将有得于水之道者。日与水居，则十五而得其道；生不识水，则虽壮，见舟而畏之。故北方之勇者，问于没人，而求其所以没矣，以其言试之河，未有不溺者也⑤。故凡不学而务求道，皆北方之学没者也。

【注释】　①没人：善于潜水的人。②涉：蹚水。③浮：游泳。④苟然：随随便便的样子。⑤溺：淹没。

昔者以声律取士①，士杂学而不志于道②；今者以经术取士③，士求道而不务学。渤海吴君彦律④，有志于学者也，方求举于礼部⑤，作《日喻》以告之。

【注释】　①声律：指诗词歌赋。②杂学：所学繁杂。③经术：经学。④渤海：郡名，在今山东滨县一带。⑤举：参加选拔考试。

【点评】　文章首先以生动形象的例子"盲人识日"引入观点，即道不可仅仅听人言来获得，必须要依靠自我的实践，而道自然而然即可达到。为论证自己的观点，又举北方勇者向南方没人求浮没之道，却并不靠自我实践，所以终不会习得的例子，表明探求真理，钻研学问要靠自己学习。其次，求道做学问不能只空谈理论，要靠自己踏实刻苦。本文借用了几个形象准确的例子来帮助阐明道理，盲人不认识太阳和北方人学潜水是两个明显的，另外两个一是引用孙武的话，用作战来说明人应该掌握主动；另一个是借用子夏的"百工居肆"的比喻来说明"道"与"学"的关系。敌我双方战斗，谁争取到主动谁自然占上风。同样，探求真理和钻研学问也正是如此，必须争取主动才行。作者运用寓言阐述道理时，夹叙夹议，深入浅出，连续运用两个寓言说明认识过程的两个阶段，丝丝入扣，环环相接，可称之为"螺旋式"的比喻方式，即运用两个内容相近但有连续性发展性的寓言故事构成层出不穷、变化多端的结构，使寓言的主旨和理念更趋深入和加强。在用例子说理的同时，还从感性认识诱导到理性认识阶段。在打比喻之后，每一段结尾处，作者都用最简明概括的语言把结论交代出来。这就使作者把想要说明的道理表达得更透彻。总之，作者运轻灵之笔娓娓道来，语浅道明，毫无论说文的板滞之弊。本文还继承了战国议论文的优点，以寓言作为论据，使行文简洁明了，形象生动。

刑赏忠厚之至论^①　苏轼

尧、舜、禹、汤、文、武、成、康之际，何其爱民之深，忧民之切，而待天下以君子长者之道也。有一善，从而赏之，又从而咏歌嗟叹之，所以乐其始而勉其终。有一不善，从而罚之，又从而哀矜惩创之^②，所以弃其旧而开其新。故其吁俞之声^③，欢休惨戚^④，见于虞、夏、商、周之书^⑤。成、康既没，穆王立，而周道始衰，然犹命其臣吕侯^⑥，而告之以祥刑^⑦。其言忧而不伤，威而不怒，慈爱而能断，恻然有哀怜无辜之心，故孔子犹有取焉。《传》曰：　"赏疑从与^⑧，所以广恩也；罚疑从去^⑨，所以慎刑也。"

【注释】　①刑赏忠厚之至：出自古文《尚书·大禹谟》伪孔安国的注文："刑疑付轻，赏疑从众，忠厚之至。"②哀矜（jīn）惩创：怜悯惩戒。③吁俞（yù yú）：惊叹应答。俞，表示应允。④欢休：和善。惨戚：悲哀。⑤虞、夏、商、周之书：指《尚书》，一共分《虞书》、《夏书》、《商书》、《周书》四部分。⑥吕侯：周穆王之臣，为司寇。周穆王用其言论作刑法。⑦祥刑：在刑期的时候并不施以刑罚，便可蕴含吉祥的意思。⑧赏疑从与：奖励时，对可疑对象，则宁可与之。⑨罚疑从去：

处罚时对可疑者，则宁可免去。

当尧之时，皋陶为士①。将杀人，皋陶曰"杀之"三，尧曰"宥之"三②。故天下畏皋陶执法之坚，而乐尧用刑之宽。四岳曰"鲧可用"③，尧曰"不可，鲧方命圮族④"，既而曰："试之"。何尧之不听皋陶之杀人，而从四岳之用鲧也？然则圣人之意，盖亦可见矣。《书》曰⑤："罪疑惟轻，功疑惟重。与其杀不辜，宁失不经⑥。"呜呼，尽之矣。

【注释】 ①皋陶（gāo yáo）：舜时的司法官。士：狱官。②宥（yòu）：宽恕。③四岳：唐尧的大臣，羲和的第四子，分掌四方诸侯。一说为一人名。鲧：传说大禹之父，四凶之一。④方命圮（pǐ）族：违抗命令，毁害族类。⑤《书》：指《尚书》。以下引文出自《尚书·大诰》。⑥宁失不经：宁可犯不守成法办事的错误。经，成法，默认的规矩。

可以赏，可以无赏，赏之过乎仁；可以罚，可以无罚，罚之过乎义。过乎仁，不失为君子；过乎义，则流而入于忍人①。故仁可过也，义不可过也。古者赏不以爵禄，刑不以刀锯。赏之以爵禄，是赏之道行于爵禄之所加②，而不行于爵禄之所不加也。刑之以刀锯，是刑之威施于刀锯之所及，而不施于刀锯之所不及也。先王知天下之善不胜赏，而爵禄不足以劝也；知天下之恶不胜刑，而刀锯不足以裁也。是故疑则举而归之于仁③，以君子长者之道待天下，使天下相率而归于君子长者之道。故曰：忠厚之至也。

【注释】 ①忍人：性情狠戾的人。②是赏之道行于爵禄之所加：

这样，奖赏的作用只限于能得到爵位和俸禄的人身上。③疑：指赏罚不能确定。

《诗》曰①："君子如祉②，乱庶遄已③。君子如怒，乱庶遄沮④。"夫君子之已乱⑤，岂有异术哉？时其喜怒⑥，而无失乎仁而已矣。《春秋》之义，立法贵严，而责人贵宽。因其褒贬义⑦，以制赏罚，亦忠厚之至也。

【注释】 ①《诗》：指《诗经》。以下引文出自《诗经·小雅·巧言》。②祉（zhǐ）：福，引申为喜欢。③遄（chuán）：快，迅速。④沮（jǔ）：停止。⑤已乱：制止祸乱。⑥怒：指听到谗言发怒。⑦因其褒贬义：指根据《春秋》褒善贬恶的原则。

【点评】 本文是苏轼于宋嘉祐二年（公元 1057 年）应礼部试的一篇策论文。文章以忠厚立论，援引古仁者施行刑赏以忠厚为本的范例，阐发了儒家的仁政思想，认为忠厚在于以"君子长者之道"治国，而不全在于刑与赏。文章说理透彻，结构严谨，文辞简练而平易晓畅。主考官欧阳修认为它脱尽五代宋初以来的浮靡艰涩之风，十分赏识，曾说："读轼书不觉汗出，快哉！老夫当避此人，放出一头地。"

黄州快哉亭记　苏辙

江出西陵①，始得平地。其流奔放肆大②，南合沅、湘③，北合汉沔④，其势益张⑤。至于赤壁之下，波流浸灌⑥，与海相若。清河张君梦得⑦，谪居齐安⑧，即其庐之西南为亭⑨，以览观江流之胜⑩，而余兄子瞻名之曰"快哉"⑪。

【注释】　①江：长江。西陵：西陵峡，又名夷陵峡，长江三峡之一，在湖北宜昌西北。②肆大：水流阔大。肆，极、甚。③沅：沅水（也称沅江）。湘：湘江。两江都在长江南岸，流入洞庭湖，注入长江。④汉沔（miǎn）：就是汉水。汉水在长江北岸。⑤益张：更加盛大。张，大。⑥浸灌：指水势浩大。⑦清河：县名，现河北清河。张君梦得：张梦得，字怀民，苏轼友人。⑧齐安：宋代黄冈为黄州齐安郡，因称。谪：贬官。⑨即：就着、依着。⑩胜：胜景、美景。⑪子瞻：苏轼，字子瞻。

盖亭之所见，南北百里，东西一舍①。涛澜汹涌，风云开阖②。昼则舟楫出没于其前，夜则鱼龙悲啸于其下，变化倏忽③，动心骇目④，不可久视⑤。今乃得玩之几席之上⑥，举目而足。西望武昌诸山，冈陵起伏，草木行列⑦，烟消日出。渔夫樵父之舍皆可指数。此其所以为"快哉"者也。至于长洲之滨⑧，故城之墟，曹孟德、孙仲谋之所睥睨⑨，周瑜、陆逊之所骋骛⑩，其流风遗迹，亦足以称快世俗⑪。

【注释】　①一舍（shè）：三十里。古代行军每天走三十里宿营，叫作"一舍"。②风云开阖（hé）：风云多变。意思是风云有时出现，有时消失。开，开启。阖，闭合。③倏（shū）忽：顷刻之间。④动心骇目：犹言"惊心动魄"。⑤不可久视：以前没有亭子，无休息之地，不能长久地欣赏。⑥今乃得玩之几席之上：现在可以在亭中的小桌坐席旁赏玩这些景色。几，古代的一种小桌，茶几。⑦草木行列：草木排列成行，非常茂盛。⑧长洲：江中凸起的沙洲或江岸。⑨曹孟德、孙仲谋之所睥睨：曹操（字孟德）、孙权（字仲谋）所傲视的地方。睥睨，斜视，引申为傲视。⑩周瑜、陆逊之所骋骛（chěng wù）：周瑜、陆逊均为三国时东吴的重要将领。周瑜曾破曹操于赤壁，陆逊曾袭关羽于荆州，败刘备于夷陵，破魏将曹休于皖城。骋骛，形容他们驰骋疆场。⑪称快世俗：使世俗之人称快。

　　昔楚襄王从宋玉、景差于兰台之宫①，有风飒然至者，王披襟当之②，曰："快哉，此风！寡人所与庶人共者耶？"宋玉曰："此独大王之雄风耳，庶人安得共之！"玉之言，盖有讽焉③。夫风无雌雄之异，而人有遇不遇之变④。楚王之所以为乐，与庶人之所以为忧，此则人之变也，而风何与焉⑤？士生于世，使其中不自得⑥，将何往而非病⑦？使其中坦然，不以物伤性⑧，将何适而非快⑨？

【注释】　①楚襄王，即楚顷襄王，名横，楚怀王之子。宋玉、景差都是楚襄王之侍臣。兰台宫，楚国宫苑，遗址在湖北钟祥东。②披：敞开。当：迎接。③讽，讽喻。宋玉作《风赋》，讽楚襄王之骄奢。④人有遇不遇之变：人受到赏识和不被赏识的不同时候。遇，指受到赏识。⑤与（yù）：参与，引申为有何关系。⑥中：内心、心中。自得：自己感到舒适、自在。⑦病：内心忧愁。⑧以物伤性：因外物而影响天性。⑨适：往，去。

今张君不以谪为患①，窃会计之余功②，而自放山水之间③，此其中宜有以过人者。将蓬户瓮牖无所不快④，而况乎濯长江之清流，揖西山之白云⑤，穷耳目之胜以自适也哉⑥！不然，连山绝壑，长林古木，振之以清风，照之以明月，此皆骚人思士之所以悲伤憔悴而不能胜者，乌睹其为快也哉！元丰六年十一月朔日，赵郡苏辙记。

【注释】 ①患：忧愁。②窃：偷得，这里是"利用"之意。会计：指征收钱谷、管理财务等事务。余功：公事之余。③自放：放情。放，放纵。④蓬户：用蓬草编门。瓮牖：用破瓮做窗。指生活穷困。⑤揖（yī）：拱手行礼。这里的意思是面对（西山白云）。⑥自适：自求安适。适，闲适。

【点评】 苏辙（1039年—1112年），字子由，晚年自号颍滨遗老，眉州眉山（今四川眉山市）人。宋孝宗淳熙年间，追谥文定。苏洵之子、苏轼之弟，北宋嘉祐二年（公元1057年）与其兄苏轼同登进士。苏家父子三人，均在唐宋八大家之列，人称"三苏"，苏辙则是"小苏"。元丰二年（公元1079年），苏轼因"乌台诗案"被贬黄州。苏辙上书营救苏轼，因而获罪被贬为监筠州（今江西高安）盐酒税。元丰六年（公元1083年），与苏轼同谪居黄州的张梦得，为览观江流，在住所西南建造了一座亭子，苏轼替它取名为"快哉亭"，苏辙为它作记以志纪念，表达了他们不以贬谪为意，惟适自安的胸怀。

全文可分为三部分。文章落笔即描摹长江景致与快哉亭的大体由来。第二部分为人处亭中所见之景色。第三部分则是由景而抒情，表现自我内心之旷达。

苏辙当时与张梦得一样，仕途不顺，落入人生的低谷。而他们却能以山水为乐，以"快哉"为情怀，不计当下之得失。这类失意文人的旷然自得之作，在中国文学史上并不少见。而另外一方面来看，也可窥见他们在专制王权下的无奈。他们纵有一身才学、抱负，**但一旦**卷入政治漩涡便难自保。

上枢密韩太尉书　苏辙

太尉执事^①：辙生好为文，思之至深。以为文者气之所形，然文不可以学而能，气可以养而致^②。孟子曰："吾善养吾浩然之气。"今观其文章，宽厚宏博，充乎天地之间，称其气之小大。太史公行天下^③，周览四海名山大川，与燕、赵间豪俊交游，故其文疏荡^④，颇有奇气。此二子者，岂尝执笔学为如此之文哉？其气充乎其中而溢乎其貌，动乎其言而见乎其文，而不自知也。

【注释】　①执事：侍从。不直言对方而称呼对方的侍从，表示对对方的尊敬。②"文者气之所形"三句：文章是由气形成的，然而文章不能靠学来达到，好气质却可以靠加强修养而获得。③太史公：即西汉史学家司马迁。④疏荡：洒脱而不拘束。

辙生十有九年矣。其居家所与游者，不过其邻里乡党之人^①；所见不过数百里之间，无高山大野可登览以自广；百氏之书，虽无所不读，然皆古人之陈迹，不足以激发其志气。恐遂汩没^②，故决然舍去，求天下奇闻壮观，以知天地之广大。过秦、汉之故都，恣观终南、嵩、华之高，北顾黄河之奔流，慨然想见古之豪杰③。至京师，仰观天子宫阙之壮，与仓廪、府库、城池、苑囿之富且大也，而后知天下之巨丽。见翰林欧阳公④，听其议论之宏辩，观其容貌之秀伟，与其门人贤士大夫游，而后知天下之文章聚乎此也。太尉以才略冠天下，天下之所恃以无忧，四夷之所惮以不敢发，入则周公、召公，出则方叔、召虎⑤。而辙也未之见焉。

【注释】　①乡党：乡里。②汩没：埋没。③慨然想见：感慨地想到。④翰林欧阳公：指欧阳修。⑤入则周公、召公，出则方叔、召虎：这里作者借用西周的四位大臣来恭维韩琦出将入相的才能。周公旦、召公奭，都是周武王的大臣，将内政治理得井井有条。方叔、召虎都是周宣王时的名臣，征伐狁狁有功。

　　且夫人之学也，不志其大，虽多而何为？辙之来也，于山见终南、嵩、华之高，于水见黄河之大且深，于人见欧阳公，而犹以为未见太尉也。故愿得观贤人之光耀①，闻一言以自壮，然后可以尽天下之大观而无憾者矣。

【注释】　①光耀：风采。

　　辙年少，未能通习吏事。向之来，非有取于斗升之禄①，偶然得之，非其所乐。然幸得赐归待选②，便得优游数年之间③，将归益治其文，且学为政。太尉苟以为可教而辱教之，又幸矣！

【注释】　①斗升之禄：微薄的俸禄，指当官。②赐归待选：朝廷允许回乡等待朝廷的选拔。③优游：从容闲暇。

【点评】　嘉祐元年（公元 1056 年），苏轼、苏辙兄弟随父亲去京师，在京城得到了当时文坛盟主欧阳修的赏识。第二年，苏轼、苏辙兄弟高中进士，"三苏"之名遂享誉天下。但是，进士的科名与日后仕途成就并无直接关系，进士及第的人有了朝廷要人的推荐、保举，才有可能入朝为官。苏辙在高中进士后给当时的枢密使韩琦写了一封信，这就是《上枢密韩太尉书》。

　　这封信本为求见韩琦而作，苏辙却采用迂回的笔法，将文章写得婉转别致。首先从文与气的关系谈起，苏辙认为文章是由气形成的，文章属于人的思维、头脑的产物，但创作者需要有实际的生活经验，才能使文章具有生命力。作者以孟子和司马迁的文章经历作为例证，引出自己想要博览天下奇闻壮观，结交一代贤人的愿望，再以欧阳修作为陪衬，表明希望得到韩琦重用和提携的心情。文章虽是干谒之文，却不落俗套，毫无乞丐气。年少的苏辙故作豪言的情态，也委实率真可爱。

六国论 苏辙

　　尝读六国《世家》①，窃怪天下之诸侯②，以五倍之地、十倍之众③，发愤西向，以攻山西千里之秦④，而不免于灭亡。尝为之深思远虑，以为必有可以自安之计，盖未尝不咎其当时之士虑患之疏⑤，而见利之浅，且不知天下之势也⑥。

【注释】　①六国：齐、楚、燕、赵、韩、魏。世家：《史记》记述诸侯王的传记称为"世家"，而"六国世家"即指六国诸侯王的传记。②窃：私下，是表示个人看法的谦词。③五倍之地、十倍之众：谓六国与秦相比，有其五倍的土地、十倍的人口。④山西：指崤山以西。⑤咎：怪罪。疏：疏忽大意。⑥势：大势、形势。

　　夫秦之所与诸侯争天下者，不在齐、楚、燕、赵也①，而在韩、魏之郊②；诸侯之所与秦争天下者，不在齐、楚、燕、赵也，而在韩、魏之野。秦之有韩、魏，譬如人之有腹心之疾也。韩、魏塞秦之冲③，而弊山东之诸侯④，故夫天下之所重者，莫如韩、魏也。昔者范雎用于秦而收韩⑤，商鞅用于秦而收魏⑥，昭王未得韩、魏之心，而出兵以攻齐之刚、寿，而范雎以为忧⑦。然则秦之所忌者可以见矣。

【注释】 ①不在齐、楚、燕、赵：这四国皆远离位于西部的秦国，不与它接壤。②而在韩、魏之郊：韩国疆土介于秦、楚、魏三国之间，为军事上必争之地。故云秦吞六国，首先战事当发生在"韩、魏之郊"。郊，邑外为郊野。周制，离都城五十里为近郊，百里为远郊。后泛指城外、边地。与下句"韩、魏之野"的"野"，同义。③塞：阻塞、挡住。冲：要冲，军事要道。④蔽山东之诸侯：掩护着崤山以东的各诸侯国。⑤范雎：字叔，战国时魏人。后入秦游说秦昭王。⑥商鞅：也叫卫鞅，卫国贵族，公孙氏。后入秦，劝说孝王伐魏。⑦"昭王未得韩、魏之心"三句：范雎说秦王曰："夫稚侯越韩、魏而攻齐刚寿，非计也。少出师，则不足以伤齐；多出师，则害于秦……越人之国而攻可乎？其于计疏矣……王不如远交而近攻。得寸，则王之寸也；得尺，亦王之尺也。今释此而远攻，不亦缪乎！"（《史记·范雎蔡泽列传》）刚，故刚城，今山东省宁阳县。寿，今山东省郓城县。

秦之用兵于燕、赵，秦之危事也。越韩过魏，而攻人之国都，燕、赵拒之于前，而韩、魏乘之于后①，此危道也。而秦之攻燕、赵，未尝有韩、魏之忧，则韩、魏之附秦故也②。夫韩、魏诸侯之障③，而使秦人得出入于其间，此岂知天下之势邪！委区区之韩、魏④，以当强虎狼之秦⑤，彼安得不折而入于秦哉⑥？韩、魏折而入于秦，然后秦人得通其兵于东诸侯⑦，而使天下遍受其祸。

【注释】 ①乘：乘势攻击。②附：依附。③障：屏障。④委：托付。区区：小、少。⑤当：抵挡。⑥折：损折。⑦东诸侯：山东的诸侯，这里指齐、楚、燕、赵。

夫韩、魏不能独当秦，而天下之诸侯，藉之以蔽其西，故莫如厚韩亲魏以摈秦①。秦人不敢逾韩、魏以窥齐、楚、燕、赵之国，而齐、楚、燕、赵之国，因得以自完于其间矣②。以四无事之国，佐当寇之韩、魏③，使韩、魏无东顾之忧，而为天下出身以当秦兵④；以二国委秦，而四国休息于内，以阴助其急⑤，若此，可以应夫无穷，彼秦者将何为哉！不知出此，而乃贪疆场尺寸之利⑥，背盟败约⑦，以自相屠灭⑧，秦兵未出，而天下诸侯已自困矣。至于秦人得伺其隙以取其国⑨，可不悲哉！

【注释】　①摈（bìn）：排除。②完：全，这里指保全国家的完整。③寇：敌寇，侵略者，这里指秦国。④出身：献身。⑤"以二国"三句：意谓用韩、魏两国的力量共同对付秦国，齐、楚、燕、赵四国则可在后方休养生息，并且暗地帮助韩、魏两国解决急难。阴助，暗中帮助。⑥疆场（yì）：边界。⑦背盟败约：即"背败盟约"。背，背弃。败，破坏。⑧自相屠灭：指六国间自相残杀。⑨伺其隙：窥伺着六国疲困的可乘之机。

【点评】　这是一篇史论文章，通过史实论述了六国灭亡的原因。苏辙开宗明义，认为六国只看重眼前的小利，撕毁了相互之间的盟约，齐、楚、燕、赵不去帮韩、魏抵抗秦国，却争相割地贿赂秦国，导致自身逐渐被削弱，最后一一被秦国所灭。"秦之所与诸侯争天下者，不在齐、楚、燕、赵也，而在韩、魏之郊；诸侯之所与秦争天下者，不在齐、楚、燕、赵也，而在韩、魏之野。"这种语意反复，极言韩、魏之重要，但六国之士目光短浅，贪疆場尺寸之利，背盟败约，放弃韩、魏，给秦国开了方便之门，灭亡的悲剧便不可避免了。文章开合有度，颇具战国策士纵横捭阖之风。

墨竹赋　苏辙

与可以墨为竹①，视之良竹也。

【注释】　①与可：文同（1018 年—1079 年），字与可，号笑笑居士、笑笑先生，人称石室先生等。北宋梓州梓潼郡永泰县（今属四川绵阳市盐亭县）人。擅长诗文书画，尤以善画竹著称，是北宋著名画家。深为文彦博、司马光等人赞许，而又和苏轼、苏辙是表兄弟。

客见而惊焉，曰："今夫受命于天，赋形于地，涵濡雨露①，振荡风气，春而萌芽，夏而解弛②，散柯布叶，逮冬而遂。性刚洁而疏直，姿婵娟以闲媚；涉寒暑之徂变③，傲冰雪之凌厉；均一气于草木，嗟壤同而性异；信物生之自然，虽造化其能使？今子研青松之煤④，运脱兔之毫，睥睨墙堵⑤，振洒缯绡⑥，须臾而成；郁乎萧骚⑦，曲直横斜，秾纤庳高⑧，穷造物之潜思，赋生意于崇朝⑨。子岂诚有道者邪？"

【注释】　①涵濡：指滋润、沉浸。②解弛：这里指竹笋脱落，开始长成竹子。③徂变：指往来变化。徂：即逝去。④青松之煤：因为墨是由松烟制造的，故如此说。⑤睥睨墙堵：形容漫不经心地看着作画的墙壁。睥睨：眼睛斜着看，形容高傲的样子。⑥振洒缯绡（zēng xiāo）：
形容在绢帛上尽情挥洒作画的样子。缯绡：泛指绢帛之类。⑦郁乎：指
植物纷繁茂盛貌。萧骚：形容风吹竹叶发出的声音。⑧庳：指低矮，与
"高"相对。⑨生意：指生命力。崇朝：指从天亮到早饭时，喻时间短。

　　与可听然而笑曰①："夫予之所好者道也，放乎竹矣！始予隐
乎崇山之阳，庐乎修竹之林。视听漠然，无概乎予心。朝与竹乎
为游，莫与竹乎为朋，饮食乎竹间，偃息乎竹阴②，观竹之变也
多矣。若夫风止雨霁，山空日出，猗猗其长③，森乎满谷，叶如
翠羽，筠如苍玉④。澹乎自持，凄兮欲滴，蝉鸣鸟噪，人响寂
历⑤。忽依风而长啸，眇掩冉以终日⑥。笋含箨而将坠⑦，根得土
而横逸。绝涧谷而蔓延，散子孙乎千忆。至若丛薄之余⑧，斤斧
所施，山石荦埆⑨，荆棘生之。蹇将抽而莫达⑩，纷既折而犹
持⑪。气虽伤而益壮，身已病而增奇。凄风号怒乎隙穴，飞雪凝
冱乎陂池⑫；悲众木之无赖，虽百围而莫支。犹复苍然于既寒之
后，凛乎无可怜之姿；追松柏以自偶，窃仁人之所为，此则竹之
所以为竹也。始也，余见而悦之；今也，悦之而不自知也；忽乎
忘笔之在手与纸之在前，勃然而兴，而修竹森然，虽天造之无
朕⑬，亦何以异于兹焉？"客曰："盖予闻之：庖丁，解牛者也，
而养生者取之；轮扁，斫轮者也，而读书者与之，万物一理也，
其所从为之者异尔，况夫夫子之托于斯竹也，而予以为有道者则
非耶？"与可曰："唯唯！"

　　【注释】　①听然：指微笑的样子。②偃息：表示睡觉休息。③猗
猗其长：秀丽茂盛的样子。④筠：指竹子的青皮。⑤寂历：形容凋零疏
落，这里指孤寂、落寞。⑥眇：同"渺"，远，高。掩冉：形容偃倒的样

唐宋八大家散文

179

子。⑦箨（tuò）：指竹笋外层一片一片的皮，即笋壳。⑧丛薄：指草木丛生。⑨莘埆：形容怪石嶙峋的样子。⑩蹇：艰难。⑪"纷既"一句：形容竹之顽强，虽欲倒却顽强支撑着。⑫凝冱（hù）：指冻结、凝结。陂池：指池塘。⑬无朕：没有迹象或先兆，这里形容天地造物之自然。

【点评】　　本文是以对话体结构全篇的一篇赋作。作者先写客见墨竹惊讶的神情，突出墨竹之神似，借客之口，赞美文与可已经深谙"道"了。与可讲到自己为画竹整日与竹生活在一起，对竹的生长过程以及习性等都了然在胸，达到了一种很高的境界。后来又从对竹"悦之"到了一个"悦之而不自知"的境界，这就是从忘我到忘物的一个境界，最后达到了物我两忘，进入了一种与物完全融合的创作境界。最后又借助客人之口，引用"庖丁解牛"与"轮扁斫轮"两个典故，把题旨升华到了"万物一理"这个社会生活根本的原则上。

　　文章描写与可为了得到"竹道"终日与竹子相处在一起，对竹子的发芽生长以及面对不同环境的神态的描写特别传神，把竹的那种秉直、刚强之性极为生动地表现出来。文章句式上以散句为主，骈散结合的方法非常灵活。行文也很流畅，前后联系密切，结构合理紧凑。

三国论 苏辙

    天下皆怯而独勇，则勇者胜；皆暗而独智，则智者胜。勇而遇勇，则勇者不足用也；智而遇智，则智者不足用也。夫惟智勇之不足以定天下，是以天下之难蜂起而难平。盖尝闻之，古者英雄之君，其遇智勇也，以不智不勇，而后真智大勇乃可得而见也。

    悲夫！世之英雄，其处于世，亦有幸不幸邪？汉高祖、唐太宗，是以智勇独过天下而得之者也；曹公、孙、刘①，是以智勇相遇而失之者也。以智攻智，以勇击勇，此譬如两虎相捽②，齿牙气力，无以相胜，其势足以相扰，而不足以相毙。当此之时，惜乎无有以汉高帝之事制之者也。

【注释】 ①曹公：这里指曹操，字孟德。孙：孙权，字仲谋，建立东吴，形成三国割据的局面。刘：刘备，字玄德，在西蜀称帝，建立蜀国。②捽（zuó）：相遇。

    昔者项籍以百战百胜之威，而执诸侯之柄，咄嗟叱咤，奋其暴怒，西向以逆高祖，其势飘忽震荡如风雨之至。天下之人，以为遂无汉矣。然高帝以其不智不勇之身，横塞其冲，徘徊而不进，其顽钝椎鲁，足以为笑于天下，而卒能摧折项氏而待其死，此其故何也？夫人之勇力，用而不已，则必有所耗竭；而其智虑久而无成，则亦必有所倦怠而不举。彼欲用其所长以制我于一时，而我闭门而拒之，使之失其所求，逡巡求去而不能去①，而项籍固已惫矣。

【注释】　①逡巡：停滞不前的样子。

今夫曹公、孙权、刘备，此三人者，皆知以其才相取，而未知以不才取人也。世之言者曰：孙不如曹，而刘不如孙。刘备唯智短而勇不足，故有所不若于二人者，而不知因其所不足以求胜，则亦已惑矣。盖刘备之才，近似于高祖，而不知所以用之之术。昔高祖之所以自用其才者，其道有三焉耳：先据势胜之地，以示天下之形；广收信、越出奇之将①，以自辅其所不逮；有果锐刚猛之气而不用，以深折项籍猖狂之势。此三事者，三国之君，其才皆无有能行之者。独有一刘备近之而未至，其中犹有翘然自喜之心，欲为椎鲁而不能钝，欲为果锐而不能达，二者交战于中，而未有所定。是故所为而不成，所欲而不遂。弃天下而入巴蜀，则非地也；用诸葛孔明治国之才，而当纷纭征伐之冲，则非将也；不忍忿忿之心，犯其所短，而自将以攻人，则是其气不足尚也。

【注释】　①信、越：韩信、彭越，都是汉高祖的功臣。

嗟夫！方其奔走于二袁之间^①，困于吕布而狼狈于荆州^②，百败而其志不折^③，不可谓无高祖之风矣，而终不知所以自用之方。夫古之英雄，惟汉高帝为不可及也夫！

【注释】　①二袁：袁绍和他的弟弟袁术。②狼狈：指作战不顺利。③百败：经历了无数次的败仗。

【点评】　《三国论》是苏辙二十五篇应制科举进论之一。文章着重将刘备、刘邦进行对比，指出刘备的失误，苏辙评价刘备为"智短而勇不足"，而且"不知因其所不足以求胜"。作者借古喻今，文章立意新颖，论述婉转而条理分明，具开合抑扬之势，与其父的《六国论》有异曲同工之妙。

东轩记　苏辙

余既以罪谪监筠州盐酒税[①]，未至，大雨，筠水泛滥，没南市，登北岸，败刺史府门。盐酒税治舍，俯江之湄，水患尤甚。既至，廨不可处，乃告于郡，假部使者府以居。郡怜其无归也，许之。岁十二月，乃克支其欹斜[②]，补其圮缺，辟听事堂之东为轩，种杉二本，竹百个，以为宴休之所。然盐酒税旧以三吏共事，余至，其二人者适皆罢去[③]，事委于一。昼则坐市区鬻盐、沽酒、税豚鱼，与市人争寻尺以自效[④]。莫归筋力疲废[⑤]，辄昏然就睡，不知夜之既旦。旦则复出营职，终不能安于所谓东轩者。每旦莫出入其旁，顾之未尝不哑然自笑也。

【注释】　①以罪谪：苏辙受苏轼的"乌台诗案"牵连遭贬。②克支：支撑起。欹斜：倾斜。③罢去：离开。④寻尺：这里指细小之物。自效：愿为别人贡献出自己的力量。⑤莫：通"暮"，傍晚。

余昔少年读书，窃尝怪颜子以箪食瓢饮居于陋巷[①]，人不堪其忧，颜子不改其乐。私以为虽不欲仕，然抱关击柝[②]，尚可自养，而不害于学，何至困辱贫窭自苦如此？及来筠州，勤劳盐米之间，无一日之休，虽欲弃尘垢，解羁絷，自放于道德之场，而事每劫而留之③。然后知颜子之所以甘心贫贱，不肯求斗升之禄以自给者，良心其害于学故也。嗟夫！士方其未闻大道，沉酣势利，以玉帛子女自厚，自以为乐矣。及其循理以求道，落其华而收其实，从容自得，不知夫天地之为大与死生之为变，而况其下者乎？故其乐也，足以易穷饿而不怨，虽南面之王，不能加之。盖非有德不能任也。余方区区欲磨洗浊污④，睎圣贤之万一⑤，自视缺然而欲庶几颜氏之乐，宜其不可得哉！若夫孔子周行天下，高为鲁司寇⑥，下为乘田委吏，惟其所遇，无所不可，彼盖达者之事，而非学者之所望也。

【注释】　①箪食瓢饮：形容生活俭朴，贫困。语出《论语》，此四字正是孔子赞美弟子颜回的话。②抱关击柝（tuò）：守门打更的小官吏。③劫：约束、阻碍。④区区：四处奔走的意思。⑤睎（xī）：仰望、向上看。⑥司寇：西周时便已设官，与司马、司空、司士、司徒并称为五官，掌管刑狱治安等事务。

余既以谴来此，虽知桎梏之害而势不得去。独幸岁月之久，世或哀而怜之，使得归伏田里，治先人之敝庐，为环堵之室而居之①，然后追求颜氏之乐，怀思东轩，优游以忘其老。然而非所敢望也。

【注释】　①环堵：四面为墙，屋里空空。

元丰三年十二月初八日，眉阳苏辙记。

【点评】　此文撰于宋元丰年间，在苏东坡贬谪湖北黄州任团练副使的同时，其弟苏辙因牵连罪被贬往江西筠州（今高安县）监盐酒税。正遇洪水泛滥，苏辙借部使者府开辟"东轩"，作为休息的地方。筠州之于苏辙，正相当于黄州之于东坡，人生思想在苦难中得到提升。颜回是孔子的杰出门人，但与孔子的其他学生不同的是，颜回不追求仕途上的事业，甘于过清苦的生活，在简单的环境中修养自我。苏辙把颜子之乐解释为参透天地造化之理，超越生死的终极境界，此乐为"虽南面之王，不能加之"。晚年的苏辙就体认着这样的人生境界，而营造了他的诗的世界。

同学一首别子固　王安石

　　江之南有贤人焉，字子固①，非今所谓贤人者，予慕而友之②。淮之南有贤人焉，字正之③，非今所谓贤人者，予慕而友之。二贤人者，足未尝相过也④，口未尝相语也，辞币未尝相接也⑤。其师若友⑥，岂尽同哉？予考其言行，其不相似者，何其少也！曰："学圣人而已矣。"学圣人，则其师若友，必学圣人者。圣人之言行，岂有二哉？其相似也适然⑦。

【注释】　①子固：曾巩的字。曾巩是北宋散文家，与王安石同是江西人。②慕而友之：仰慕他并和他成为朋友。③正之：孙侔的字。孙侔，吴兴（今浙江吴兴县）人。④相过：拜访、交往。⑤辞币：书信和礼物。⑥若：和，以及。⑦适然：理所当然的样子。

　　予在淮南，为正之道子固，正之不予疑也①。还江南，为子固道正之，子固亦以为然。予又知所谓贤人者，既相似，又相信不疑也。子固作《怀友》一首遗予，其大略欲相扳②，以至乎中庸而后已③。正之盖亦尝云尔。夫安驱徐行④，轥中庸之庭⑤，而造于其室⑥，舍二贤人者而谁哉？予昔非敢自必其有至也⑦，亦愿从事于左右焉尔，辅而进之，其可也。噫！官有守，私系合不可以常也⑧。作《同学一首别子固》，以相警且相慰云⑨。

【注释】 ①不予疑：即不疑予，不怀疑我。②相扳：相互帮助。③中庸：儒家伦理思想。指处理事情不偏不倚、无过与不及的态度。儒家认为"中庸"是道德的最高标准。④安驱：安稳平当地驱车。⑤辚(lín)：车轮碾过。此处指走上、走到。⑥造：到。⑦自必：确信自己能。⑧私系：受到私事的牵挂。合：会见、会面。⑨相警：相互提醒，互相鞭策。

【点评】 王安石（1021年—1086年），字介甫，号半山，抚州临川人。北宋著名政治家，文学家，千年以来他在王朝衰败之时的改革之举一直争议不断。此文是王安石年轻时所作，抒写密友曾巩仰慕圣人、学习圣人之道的高远志向。文章写朋友之贤，也是自况，企慕与志同道合的朋友达到儒家圣贤所追求的中庸境界。中庸之道讲究的是不偏不倚，后来作为政治家的王安石在改革上采取的却是雷霆行动，与青年时的志向已是大不相同。

读《孟尝君传》　王安石

世皆称孟尝君能得士^①，士以故归之，而卒赖其力以脱于虎豹之秦^②。

【注释】　①孟尝君：姓田名文，战国时齐国公子（贵族）。以门客众多而著称。《孟尝君传》即司马迁《史记·孟尝君列传》。②卒赖其力：最终凭借门客的力量。脱于虎豹之秦：得以从如狼似虎的秦国那里逃脱。孟尝君被秦国囚禁后，他的门客装狗扮鸡把他解救出来。

嗟乎！孟尝君特鸡鸣狗盗之雄耳^①，岂足以言得士？不然，擅齐之强^②，得一士焉，宜可以南面而制秦^③，尚何取鸡鸣狗盗之力哉？鸡鸣狗盗之出其门^④，此士之所以不至也。

【注释】　①特：只、仅仅。雄：头头、首领。②擅齐之强：拥有齐国的强大国力。擅，拥有。③南面：面向南面称王。古代君臣相见，帝王坐北面南，臣在对面跪拜朝见。④出其门：进出于他的门下。

【点评】　《读〈孟尝君传〉》是一篇著名的驳论文，被古代的评论者称誉为"千古绝调"。文章字少而意深，笔力雄健，气势颇大，很有改革者的锐气。文章先道出世人对孟尝君的评价，接着笔锋一转，强烈批判孟尝君所重用的士人不过是"鸡鸣狗盗之雄"，提出自己的看法：真正有才能的士人，一个就够了！孟尝君时代齐国国势虽强，却受制于秦国，也印证了王安石的观点。

游褒禅山记 王安石

褒禅山亦谓之华山^①。唐浮图慧褒始舍于其址^②，而卒葬之；以故其后名之曰"褒禅"。今所谓慧空禅院者，褒之庐冢也^③。距其院东五里，所谓华山洞者，以其乃华山之阳名之也^④。距洞百余步，有碑仆道^⑤，其文漫灭^⑥，独其为文犹可识，曰"花山"。今言"华"如"华实"之"华"者，盖音谬也^⑦。

【注释】　①褒禅山：旧名花山，位于安徽省马鞍山市含山县。唐贞观年间，高僧慧褒禅师结庐山下，死后葬此，其弟子改"花山"为"褒禅山"。②浮图：也作"浮屠"或"佛图"，本意是佛或佛教徒，这里指和尚。③庐冢：屋舍和坟墓。④阳：山的南面、水的北面为阳。⑤仆道：倒在路边。⑥漫灭：指碑文因为风化剥落而模糊不清。⑦谬：错谬。

其下平旷，有泉侧出，而记游者甚众^①，所谓"前洞"也。由山以上五六里，有穴窈然^②，入之甚寒，问其深，则其好游者不能穷也^③，谓之"后洞"。余与四人拥火以入^④，入之愈深，其进愈难，而其见愈奇。有怠而欲出者^⑤，曰："不出，火且尽^⑥。"

游褒禅山记 王安石

褒禅山亦谓之华山①。唐浮图慧褒始舍于其址②，而卒葬之；以故其后名之曰"褒禅"。今所谓慧空禅院者，褒之庐冢也③。距其院东五里，所谓华山洞者，以其乃华山之阳名之也④。距洞百余步，有碑仆道⑤，其文漫灭⑥，独其为文犹可识，曰"花山"。今言"华"如"华实"之"华"者，盖音谬也⑦。

【注释】　①褒禅山：旧名花山，位于安徽省马鞍山市含山县。唐贞观年间，高僧慧褒禅师结庐山下，死后葬此，其弟子改"花山"为"褒禅山"。②浮图：也作"浮屠"或"佛图"，本意是佛或佛教徒，这里指和尚。③庐冢：屋舍和坟墓。④阳：山的南面、水的北面为阳。⑤仆道：倒在路边。⑥漫灭：指碑文因为风化剥落而模糊不清。⑦谬：错谬。

其下平旷，有泉侧出，而记游者甚众①，所谓"前洞"也。由山以上五六里，有穴窈然②，入之甚寒，问其深，则其好游者不能穷也③，谓之"后洞"。余与四人拥火以入④，入之愈深，其进愈难，而其见愈奇。有怠而欲出者⑤，曰："不出，火且尽⑥。"

遂与之俱出。盖余所至，比好游者尚不能十一⑦，然视其左右，来而记之者已少。盖其又深，则其至又加少矣⑧。方是时，余之力尚足以入，火尚足以明也。既其出，则或咎其欲出者⑨，而余亦悔其随之，而不得极夫游之乐也。

【注释】 ①记游：指在洞壁上题字写诗留念。②窈然：深远、幽深的样子。③穷：穷尽。④拥火：拿着火把。拥，持、拿。⑤怠：倦怠，累。⑥且：将。⑦不能十一：不到十分之一。⑧加少：更加少了。⑨咎：归咎、责怪。

于是余有叹焉。古人之观于天地、山川、草木、虫鱼、鸟兽，往往有得①，以其求思之深而无不在也。夫夷以近②，则游者众；险以远，则至者少。而世之奇伟瑰怪非常之观③，常在于险远，而人之所罕至焉。故非有志者不能至也。有志矣，不随以止也；然力不足者，亦不能至也。有志与力，而又不随以怠；至于幽暗昏惑而无物以相之④，亦不能至也。然力足以至焉，于人为可讥，而在己为有悔；尽吾志也而不能至者，可以无悔矣，其孰能讥之乎？此余之所得也。

【注释】 ①有得：有所收获、体会。②夷以近：平坦并且路途近。③非常之观：非同寻常的景观。④相：帮助、辅助。

余于仆碑，又有悲夫古书之不存，后世之谬其传而莫能名者，何可胜道也哉①！此所以学者不可以不深思而慎取之也。

【注释】 ①胜道：说得完。胜，完、尽。

四人者：庐陵萧君圭君玉①，长乐王回深父②，余弟安国平

国学经典丛书

父、安上纯父。

【注释】　①庐陵：今江西吉安。萧君圭，字君玉。②长乐：今福建长乐。王回：字深父。父（fǔ）：通"甫"，下文同。

至和元年七月某日^①，临川王某记。

【注释】　①至和元年：公元1054年。至和，宋仁宗的年号。

【点评】　《游褒禅山记》是古代游记的名篇。文章读来，看似记游，实则别有一番深意，前人评价此文"借题写己，深情高致，穷工极妙"（《唐宋文醇》卷五十八李光地语），精到地点出文章的言外之意。作者之笔，写众人从平坦之路到险远深处，看到奇伟绝丽的景观，由此得出一个深刻的人生哲理："世之奇伟瑰怪非常之观，常在于险远，而人之所罕至焉。故非有志者不能至也。"文章启示后人：欲达人生高远境界，必须具备远大志向和坚忍的毅力。

泰州海陵县主簿许君墓志铭　王安石

　　君讳平，字秉之，姓许氏。余尝谱其世家①，所谓今泰州海陵县主簿者也②。君既与兄元相友爱称天下，而自少卓荦不羁③，善辩说，与其兄俱以智略为当世大人所器。宝元时④，朝廷开方略之选⑤，以招天下异能之士，而陕西大帅范文正公、郑文肃公⑥，争以君所为书以荐。于是得召试，为太庙斋郎⑦，已而选泰州海陵县主簿。

　　【注释】　①谱其世家：为许氏宗族做家谱。②泰州海陵县：今江苏省泰州市姜堰区。③卓荦（luò）不羁：指卓越超群，不甘受拘束。④宝元：宋仁宗的年号。⑤开方略之选：开科选拔方略方面的人才。方略，治国用兵的计谋。⑥范文正公：范仲淹，字希文，苏州人，宋朝文学家、政治家。谥号文正，世称范文正公。郑文肃公：名戬，字天休，苏州人，官至枢密副使，谥号文肃。⑦太庙斋郎：古代官名，掌管太庙的郊祀、祠祀、祈祷及茅土、衣冠等事。

　　贵人多荐君有大才，可试以事，不宜弃之州县。君亦尝慨然自许①，欲有所为。然终不得一用其智能以卒。噫！其可哀也已！

【注释】　①慨然自许：意气慷慨，自信自负。许，赞许、称许。

　　士固有离世异俗，独行其意，骂讥、笑侮、困辱而不悔。彼皆无众人之求，而有所待于后世者也。其龃龉固宜^①。若夫智谋功名之士，窥时俯仰^②，以赴势利之会，而辄不遇者，乃亦不可胜数。辩足以移万物，而穷于用说之时^③；谋足以夺三军，而辱于右武之国^④，此又何说哉？嗟乎！彼有所待而不遇者，其知之矣。

【注释】　①龃龉（jǔ yǔ）：指政治观点不合。②窥时俯仰：随着时局的变化采取行动。即利用时世的变化，去营求权势和物利。③穷于用说之时：在重用游说的时代会变得穷困窘迫。④右武：崇尚武备。

　　君年五十九，以嘉祐某年某月某甲子葬真州之扬子县甘露乡某所之原。夫人李氏。子男瓌，不仕^①；璋，真州司户参军；琦，太庙斋郎；琳，进士。女子五人，已嫁二人：进士周奉先，泰州泰兴县令陶舜元。

【注释】　①不仕：不出来做官。

　　铭曰：有拔而起之，莫挤而止之^①。呜呼许君！而已于斯^②，谁或使之？

【注释】　①挤而止之：排挤而阻止他进步。②而已于斯：止步在这里（指海陵县主簿的官位上）。

【点评】　文章哀悼许平虽有才能，却终其一生沉沦下僚。接着作者用特立独行之士和智谋功名之士的不被重用来衬托许平，暗示许君命运奇特，有贵人相助，无人排挤，却碌碌一生。面对许君的奇特命运，作者只有发出"谁或使之"的疑问。文章揭示了古代很多才能之士的共同遭际。

祭欧阳文忠公文^①　王安石

夫事有人力之可致^②，犹不可期^③，况乎天理之溟漠^④，又安可得而推^⑤？惟公生有闻于当时，死有传于后世，苟能如此足矣，而亦又何悲？

【注释】　①欧阳文忠公：即欧阳修，字永叔，号醉翁，又号六一居士。吉安永丰（今属江西）人，自称庐陵。谥号文忠，世称欧阳文忠公，北宋文学家。②致：做到、达到。③犹不可期：还不一定能达到期望的目标。④溟漠：幽晦广远。⑤推：推知。

如公器质之深厚^①，智识之高远^②，而辅学术之精微，故充于文章，见于议论，豪健俊伟，怪巧瑰琦^③。其积于中者，浩如江河之停蓄^④；其发于外者，烂如日星之光辉。其清音幽韵，凄如飘风急雨之骤至；其雄辞闳辩^⑤，快如轻车骏马之奔驰。世之学者，无问乎识与不识，而读其文，则其人可知。

【注释】　①器质：才能、品格。②智识：智慧、见识。③瑰琦：瑰丽奇异。形容文章卓尔不凡。④停蓄：停留不前，蓄积成池。⑤闳辩：气势宏大的言辞。

呜呼！自公仕宦四十年，上下往复^①，感世路之崎岖。虽屯
邅困踬^②，窜斥流离^③，而终不可掩者^④，以其公议之是非。既压
复起，遂显于世。果敢之气，刚正之节，至晚而不衰。

【注释】 ①上下往复：指（欧阳修）官位的升降、外贬召回。
②屯邅（zhūn zhān）：得不到提拔的样子。困踬（zhì）：困厄，窘
迫。踬，跌倒。③窜斥流离：流放到边远州郡，四处流窜。④掩：淹
没、埋没。

方仁宗皇帝临朝之末年，顾念后事，谓如公者，可寄以社稷
之安危。及夫发谋决策，从容指顾，立定大计，谓千载而一时。
功名成就，不居而去。其出处进退，又庶乎英魄灵气^①，不随异
物腐散^②，而长在乎箕山之侧与颍水之湄^③。

【注释】 ①庶乎：大概、几乎。②异物腐散：指尸体腐烂。③箕
山：在今河南登封县东南。颍水：即颍河，源头在登封县境内的颍谷。
湄：水边。

然天下之无贤不肖，且犹为涕泣而歔欷，而况朝士大夫，平
昔游从^①，又予心之所向慕而瞻依^②。呜呼！盛衰兴废之理，自古
如此，而临风想望^③，不能忘情者，念公之不可复见，而其谁
与归？

【注释】 ①平昔：平常的生活。②瞻依：瞻仰、凭吊。③临风想
望：伫立在风中怀念追思。

【点评】 王安石与欧阳修政见不合，却不妨碍他在祭文中对欧公文

章、德行、功业的推崇。文章由天理不测道出欧公去世，说欧公"生有闻于当时，死有传于后世"，生前身后，功业常在。由此引出作者深情叙述欧公平生志业，无论是文章之事，品行大节，还是朝廷大计，欧公堪称不朽，文末唏嘘悲叹，感慨斯人不在、知音无觅。全文出自真心，一唱三叹，写尽对欧公的哀思之情，千载后犹可感到作者对逝者的哀悼之情。

答司马谏议书 王安石

某启①：

【注释】 ①某启：古人在信稿上用"某"，代替自己的名。

昨日蒙教①，窃以为与君实游处相好之日久②，而议事每不合，所操之术多异故也③。虽欲强聒④，终必不蒙见察⑤，故略上报⑥，不复一一自辨。重念蒙君实视遇厚⑦，于反复不宜卤莽⑧，故今具道所以⑨，冀君实或见恕也⑩。

【注释】 ①蒙教：承蒙教诲。②窃：私下，谦词。君实：司马光，字君实，北宋政治家、史学家，曾任翰林学士、右谏议大夫。他写信反对王安石变法，本文是王安石的回信。③所操之术：指所坚持的政治主张。④强聒：强作辩解。聒，聒噪、喧扰，这里指多话。⑤不蒙见察：不能被您所谅解。⑥略上报：简略地给您写了一封回信。⑦重念：又考虑到。视遇厚：看重和厚待（我）。⑧反复：书信来往。⑨具道所以：详细说明这样做的理由。⑩冀：希望。见恕：原谅（我）。

盖儒者所争，尤在名实①，名实已明，而天下之理得矣。今君实所以见教者，以为侵官、生事、征利、拒谏②，以致天下怨谤也③。某则以为受命于人主，议法度而修之于朝廷，以授之于有司④，不为侵官；举先王之政⑤，以兴利除弊，不为生事；为天下理财，不为征利；辟邪说，难壬人⑥，不为拒谏。至于怨谤之多，则固前知其如此也⑦。人习于苟且非一日⑧，士大夫多以不恤国事，同俗自媚于众为善⑨，上乃欲变此，而某不量敌之众寡，欲出力助上以抗之，则众何为而不汹汹然⑩？盘庚之迁⑪，胥怨者民也⑫，非特朝廷士大夫而已⑬。盘庚不为怨者故改其度⑭，度义而后动⑮，是而不见可悔故也。如君实责我以在位久，未能助上大有为，以膏泽斯民⑯，则某知罪矣；如曰今日当一切不事事⑰，守前所为而已，则非某之所敢知。

【注释】①名实：名义和实际。②侵官、生事、征利、拒谏：这是司马光指责王安石的四条罪状。侵官，侵犯官吏的职权。生事，生事扰民。征利，与民争利。拒谏，拒绝接受谏言。③怨谤：埋怨和诽谤。④修之于朝廷，以授之于有司：在朝廷上修订法律规定，把它交给负有专责的职能部门。⑤举：实行。⑥辟邪说，难壬人：驳斥那些惑众的歪理邪说，责难巧言献媚的奸佞小人。辟，驳斥、抨击。难，责难。壬，奸佞。⑦固前知：本来事先就应该知道。⑧苟且：习惯于得过且过。⑨同俗自媚：附和世俗之见，向众人献媚讨好。⑩汹汹然：大吵大闹的样子。⑪盘庚之迁：盘庚把国都从奄迁到殷。商朝国君盘庚即位后，认为国都设在奄地（今山东曲阜），不适宜实行教化，决定迁都殷（今河南安阳西北）。⑫胥怨者：一起埋怨的。胥，一起、共同。⑬非特：不仅仅。⑭度：计划。⑮度义而后动：经过周密考虑后，才采取坚决行动。度，估计、考虑。⑯膏泽斯民：施恩泽给这些人民。⑰事事：做事。前一"事"字是动词，后一"事"字是名词。

无由会晤^①，不任区区向往之至^②。

【注释】 ①无由会晤：没有机会见面。②不任：不胜。区区：我。谦辞，用于自称。

【点评】 本文是王安石写给政敌司马光的书信，信中驳斥了司马光对改革的偏见，显示当时改革派与保守派的思想交锋。对于司马光对新法"侵官、生事、征利、拒谏、致怨"的指责，作者逐一驳斥，义正词严地给了守旧士大夫一击，表达了锐意革新、致力国事的决心。文章不只阐明了当时革新派的主张，对后世改革也多有启发。

国学经典丛书

伤仲永^①　王安石

　　金溪民方仲永^②，世隶耕^③。仲永生五年，未尝识书具，忽啼求之。父异焉^④，借旁近与之，即书诗四句^⑤，并自为其名。其诗以养父母、收族为意^⑥，传一乡秀才观之。自是指物作诗立就^⑦，其文理皆有可观者^⑧。邑人奇之^⑨，稍稍宾客其父^⑩，或以钱币乞之。父利其然也^⑪，日扳仲永环谒于邑人^⑫，不使学。

　　【注释】　①伤：哀伤、惋惜。②金溪：地名，今江西金溪县。③世隶耕：世代以耕田为业。隶，属于。④异：感到诧异。⑤书：写。⑥养父母、收族：赡养父母，团结同族。收，聚拢、团结。⑦立就：立刻完成。⑧文理：文采和道理。可观：值得欣赏。⑨邑人：同一个县（乡）的人。⑩宾客：把……当作宾客。⑪利其然：认为这样有利可图。⑫日扳（pān）：每天带着。扳，通"攀"，牵着、引着。环谒：四处拜访。

　　余闻之也久。明道中^①，从先人还家，于舅家见之，十二三矣。令作诗，不能称前时之闻^②。又七年，还自扬州，复到舅家问焉。曰："泯然众人矣^③。"

　　【注释】　①明道：宋仁宗年号。②称：相当、相称。③泯然：消失的样子。

王子曰①：仲永之通悟，受之天也②。其受之天也，贤于材人远矣③。卒之为众人，则其受于人者不至也④。彼其受之天也，如此其贤也，不受之人，且为众人。今夫不受之天，固众人，又不受之人，得为众人而已耶⑤？

【注释】　①王子：王安石的自称。②受之天：指先天得到的，即天赋。受，承受。③材人：有才能的人。④受于人：指后天所受的教育。⑤得为众人而已：能够成为普通人就为止了吗？意思是比普通人还不如。

【点评】　文章写方仲永天才早慧，却因不善引导，导致"泯然众人"的悲剧。先叙仲永才能之奇，五岁不识文字，拿到纸笔，立成诗句，方仲永的父亲不加栽培，而用来牟利，最终导致天才昙花一现。全篇作者不写一个"伤"字，但读来处处是哀悼悲叹，不只感慨天才，更慨叹普通大众若不加学习，连平常人也难做到。文章提出天才的教育问题，更拓展到大众的后天学习。

本朝百年无事札子　王安石

　　臣前蒙陛下问及本朝所以享国百年^①，天下无事之故。臣以浅陋，误承圣问，迫于日晷^②，不敢久留，语不及悉^③，遂辞而退。窃惟念圣问及此，天下之福，而臣遂无一言之献，非近臣所以事君之义^④，故敢昧冒而粗有所陈。

　　【注释】　①享国百年：统治国家一百多年。自宋朝建国到写这通奏章的熙宁元年，共百余年。②日晷：太阳的影子，此处指时间。③语不及悉：言语没有来得及详细解说。④近臣：皇帝身边的大臣。作者时任翰林学士，故自称"近臣"。

　　伏惟太祖躬上智独见之明^①，而周知人物之情伪^②，指挥付托必尽其材，变置施设必当其务。故能驾驭将帅，训齐士卒^③，外以捍夷狄，内以平中国。于是除苛赋，止虐刑，废强横之藩镇，诛贪残之官吏，躬以简俭为天下先。其于出政发令之间，一以安利元元为事^④。太宗承之以聪武，真宗守之以谦仁，以至仁宗、英宗，无有逸德^⑤。此所以享国百年而天下无事也。

【注释】 ①伏惟：表示伏在地上想，下对上陈述时的表敬之辞。躬上智独见之明：本身就具有上上人的智慧和明晰的独到见解。②人物之情伪：人物和情事的真伪。③训齐：加以训练，使其整齐划一。④安利元元：使老百姓得到平安和利益。元元，老百姓。⑤逸德：失德。逸，失。

仁宗在位，历年最久。臣于时实备从官①，施为本末②，臣所亲见。尝试为陛下陈其一二，而陛下详择其可③，亦足以申鉴于方今④。

【注释】 ①从官：侍从官员。王安石在仁宗时曾任知制诰，替皇帝起草诏令，是皇帝的侍从官。②施为本末：一切措施的前后经过和原委。③详择其可：详加选择那些适宜的做法。④申鉴：引出借鉴。

伏惟仁宗之为君也，仰畏天，俯畏人；宽仁恭俭，出于自然，而忠恕诚悫①，终始如一。未尝妄兴一役，未尝妄杀一人；断狱务在生之②，而特恶吏之残扰。宁屈己弃财于夷狄，而终不忍加兵。刑平而公③，赏重而信④。纳用谏官御史，公听并观⑤，而不蔽于偏至之谗⑥。因任众人耳目⑦，拔举疏远⑧，而随之以相坐之法。盖监司之吏以至州县，无敢暴虐残酷，擅有调发以伤百姓⑨。

【注释】 ①悫（què）：诚恳、谨慎。②断狱：审判案件。③刑平而公：用刑公平而公正。④赏重而信：奖赏厚重而有信用。⑤公听并观：公开地多听多看。⑥偏至之谗：偏激、片面的谗言。⑦任众人耳目：信任大家的所见所闻。耳目，指所听到的、看到的。⑧拔举疏远：选拔那些与高官显贵关系不密切的人。⑨调发：征调、调配。

自夏人顺服，蛮夷遂无大变，边人父子夫妇得免于兵死，而中国之人安逸蕃息①，以至今日者，未尝妄兴一役，未尝妄杀一人，断狱务在生之，而特恶吏之残扰，宁屈己弃财于夷狄，而不忍加兵之效也。大臣贵戚、左右近习②，莫敢强横犯法，其自重慎③，或甚于闾巷之人④，此刑平而公之效也。募天下骁雄横猾以为兵⑤，几至百万，非有良将以御之，而谋变者辄败；聚天下财物，虽有文籍⑥，委之府史⑦，非有能吏以钩考⑧，而断盗者辄发⑨；凶年饥岁，流者填道，死者相枕，而寇攘者辄得⑩。此赏重而信之效也。大臣贵戚、左右近习，莫能大擅威福，广私货赂⑪，一有奸慝⑫，随辄上闻；贪邪横猾，虽间或见用，未尝得久。此纳用谏官、御史，公听并观，而不蔽于偏至之谗之效也。自县令、京官以至监司台阁⑬，升擢之任，虽不皆得人，然一时之所谓才士，亦罕蔽塞而不见收举者，此因任众人之耳目，拔举疏远，而随之以相坐之法之效也。升遐之日⑭，天下号恸，如丧考妣⑮，此宽仁恭俭，出于自然，忠恕诚悫，终始如一之效也。

【注释】 ①安逸蕃息：休养生息。蕃息，繁殖后代。②左右近习：皇帝身边亲近的人。③重慎：重视、慎重。④闾巷之人：乡里、民间的小人物。⑤骁雄横猾：指勇猛强暴、蛮横奸诈的人。⑥文籍：指账簿。⑦委之府史：委托给府吏。⑧钩考：稽查。⑨断盗者辄发：贪污腐败的人被揭发。⑩寇攘者：指强盗。⑪广私货赂：到处以权谋私，收受贿赂。⑫奸慝（tè）：奸邪、奸恶的人。⑬监司台阁：指执政大臣。台阁，指尚书。⑭升遐：升天，皇帝逝世称"升遐"。⑮如丧考妣（bǐ）：仿佛是自己的父母过世了一样。考指去世的父亲，妣指去世的母亲。

然本朝累世因循末俗之弊①，而无亲友群臣之议。人君朝夕与处，不过宦官女子②；出而视事③，又不过有司之细故④。未尝如古大有力之君，与学士大夫讨论先王之法，以措之天下也⑤。一切因任自然之理势⑥，而精神之运有所不加，名实之间有所不察⑦。君子非不见贵，然小人亦得厕其间⑧；正论非不见容，然邪说亦有时而用。以诗赋记诵求天下之士，而无学校养成之法⑨；以科名资历叙朝廷之位，而无官司课试之方⑩。监司无检察之人⑪，守将非选择之吏⑫。转徙之亟既难于考绩⑬，而游谈之众因得以乱真⑭。交私养望者多得显官⑮，独立营职者或见排沮⑯。故上下偷惰取容而已⑰，虽有能者在职，亦无以异于庸人。农民坏于繇役⑱，而未尝特见救恤，又不为之设官，以修其水土之利。兵士杂于疲老，而未尝申敕训练⑲，又不为之择将，而久其疆场之权⑳。宿卫则聚卒伍无赖之人㉑，而未有以变五代姑息羁縻之俗㉒；宗室则无教训选举之实㉓，而未有以合先王亲疏隆杀之宜㉔。其于理财，大抵无法㉕，故虽俭约而民不富，虽忧勤而国不强㉖。赖非夷狄昌炽之时㉗，又无尧、汤水旱之变㉘，故天下无事，过于百年。虽曰人事㉙，亦天助也。盖累圣相继㉚，仰畏天，俯畏人，宽仁恭俭，忠恕诚悫，此其所以获天助也。

【注释】 ①因循末俗：沿袭末世（衰世）败坏的习俗。②女子：宫女。③出而视事：指临朝料理国政。④细故：琐屑之事。⑤措：实施。⑥理势：自然发展的趋势。⑦名实：事物的名称和实际情况。⑧厕：置身于。⑨学校养成之法：在学校里培养成就人才的方法。⑩官司课试之方：有关部门的考核官吏的方法。⑪监司无检察之人：监察部门无履行检察职责的人。⑫守将非选择之吏：守边大将不是通过选拔而获用的。⑬转徙之亟：（官员）转任调动太过频繁。亟，快，频繁。考绩：考核政绩。⑭游谈之众：夸夸其谈的人。⑮交私养望者：私下勾结、猎取声望的人。⑯独立营职者：不靠别人、勤于职守的人。排沮：压抑。⑰偷惰取容：偷懒懈怠，讨好、取悦上司。⑱坏于缘（yáo）役：指受徭役拖累。⑲申敕：约束、整顿。⑳久其疆场（yì）之权：让他们长期守卫边疆。场，边境。㉑宿卫：在宫禁中值宿的警卫。卒伍：指军队。㉒姑息羁縻之俗：姑息养奸、迁就笼络的风气。指胡乱收编禁卫军。㉓教训选举之实：实质上的教导训诫、选拔推荐。㉔亲疏隆杀之宜：亲近、疏远、恩宠、冷落的标准原则。㉕无法：没有法律制度。㉖忧勤：操劳勤勉。㉗赖：幸亏。昌炽：昌盛，猖獗。㉘尧、汤水旱之变：相传尧时有九年水患，商汤时有五年的旱灾。㉙人事：人为之事，人力。㉚累圣：累代圣君。指上文提到的宋太祖、太宗等诸位皇帝。

伏惟陛下躬上圣之质，承无穷之绪①，知天助之不可常恃，知人事之不可怠终②，则大有为之时，正在今日。臣不敢辄废将明之义③，而苟逃讳忌之诛④。伏惟陛下幸赦而留神⑤，则天下之福也。取进止⑥。

【注释】 ①无穷之绪：无穷无尽的基业。这里指帝业。②怠终：轻忽马虎一直拖到最后。③将明之义：将这个问题阐述明白的职责。④讳忌之诛：因触犯皇帝忌讳而受到惩罚。⑤幸赦而留神：有幸赦免我死罪并留意臣的建议。⑥取进止：这是写给皇帝奏章的套语，意思是我的意见是否妥当、正确，请予裁决。

【点评】 文章写于宋神宗熙宁元年（公元 1068 年），作者时任翰林学士。宋神宗继位后，希图有所作为，召见革新派代表王安石，提出"祖宗守天下，能百年无大变，粗致太平，以何道也"的问题，表达革新之意。针对这个问题，作者细细道出北宋王朝百年来太平无事的真相，貌似褒扬先王之政，实则指出王朝政治的种种问题。在作者看来，国家因循守旧，危机重重，唯有通过改革才能振兴王朝。奏折先叙太祖治国有道，再写仁宗任其自然之弊，两相对照，高下立见，接着直接陈述当下之弊，表达改革的迫切性。文章由太祖盛世到仁宗承平表象，再到当下积弊，作者步步为营，构思巧妙，水到渠成地引出改革这一根本问题。

通州海门兴利记　王安石

余读豳诗①："以其妇子，馌彼南亩，田畯至喜②。"嗟乎！豳之人帅其家人戮力以听吏③，吏推其意以相民④，何其至也⑤？夫喜者非自外至，乃其中心固有以然也。既叹其吏之能民⑥，又思其君之所以待吏，则亦欲善之心出于至诚而已，盖不独法度有以驱之也。以赏罚用天下⑦，而先王之俗废。有士于此，能以豳之吏自为，而不苟于其民⑧，岂非所谓有志者邪？

【注释】　①豳（bīn）诗：指《诗经·豳风·七月》。②以其妇子，馌（yè）彼南亩，田畯（jùn）至喜：老婆孩子送饭给在田中劳作的农夫，田官老爷非常高兴。馌，给人送饭。田畯，监督农奴劳动的农官。③帅：通"率"，带着。戮力：合力。④相：管理。⑤何其至也：这是怎么做到的呢？⑥能民：能管理好百姓。⑦用：治理。⑧苟：苛求。

以余所闻，吴兴沈君兴宗海门之政①，可谓有志矣。既堤北海七十里以除水患，遂大浚渠川②，酾取江南③，以灌义宁等数乡之田。方是时，民之垫于海④，呻吟者相属⑤。君至，则宽禁缓求⑥，以集流亡。少焉⑦，诱起之以就功⑧，莫不蹶蹶然奋其愈而来也⑨。由是观之，苟诚爱民而有以利之，虽创残穷敝之余⑩，可勉而用也，况于力足者乎？兴宗好学知方⑪，竟其学⑫，又将有大者焉，此何足以尽吾沈君之才，抑可以观其志矣⑬。而论者或以一邑之善不足书之⑭，今天下之邑多矣，其能有以遗其民而不愧于幽之吏者，果多乎⑮？不多，则予不欲使其无传也。

【注释】　①吴兴：今浙江省湖州市辖区内。②大浚（jùn）：疏通、挖深。③釃（shī）取：疏通引来。釃，疏导。④垫于海：陆地下陷，被海水淹没。垫，沉陷、淹没。⑤呻吟者相属：受灾受难的人比比皆是。相属，相继、相接。⑥宽禁缓求：放宽政策，不苛求百姓。⑦少焉：一会儿，不久。⑧就功：做事。⑨蹶蹶然：疾行的样子。奋其愈：不顾疲劳。⑩创残穷敝：伤残、困敝的人。⑪好学知方：喜好学习并知道如何去做。⑫竟其学：完全施展出他的学识。⑬抑：或许、也许。表示推测。⑭不足：不值得。⑮果：果真。

至和元年六月六日①，临川王某记。

【注释】　①至和元年：公元 1054 年。至和，宋仁宗年号。

【点评】　此文用《诗经》中《七月》之诗中所记理政之善与时人沈兴宗海门之政并举，重在称赞沈兴宗在海门为官，为地方兴利除水患之举，标举了古代有为之士执政为民的理念。

墨池记 曾巩

临川之城东①，有地隐然而高②，以临于溪，曰新城。新城之上，有池洼然而方以长③，曰王羲之之墨池者④，荀伯子《临川记》云也⑤。羲之尝慕张芝⑥，临池学书，池水尽黑，此为其故迹，岂信然邪⑦？

【注释】 ①临川：今江西抚州市，宋朝为抚州临川郡。②隐然而高：指缓缓得高起来。③洼然：低洼的样子。④王羲之：字逸少，东晋著名书法家，曾为会稽内史，领右将军，人称"王右军"，后人号为"书圣"。代表作《兰亭序》被誉为"天下第一行书"。在书法史上，他与其子王献之合称"二王"。⑤荀伯子：南朝宋人，曾任临川内史，有《临川记》。其中记叙了王羲之官临川及墨池的事。⑥张芝：字伯英，东汉著名书法家，善草书，人称"草圣"。王羲之曾夸赞他："临池学书，池水尽黑。"⑦信然：确信、果真如此。

方羲之之不可强以仕①，而尝极东方，出沧海，以娱其意于山水之间，岂其徜徉肆恣②，而又尝自休于此邪③？羲之之书晚乃善，则其所能，盖亦以精力自致者，非天成也。然后世未有能及者，岂其学不如彼邪？则学固岂可以少哉！况欲深造道德者邪④？

【注释】　①强以仕：强迫他做官。王羲之当时与王述齐名，但两人互不服气。王羲之任会稽内史时，朝廷又任王述为扬州刺史，管辖会稽郡。王羲之耻位于王述下，称病去职，誓不再仕，从此"遍游东中诸郡，穷诸名山，泛沧海"。②徜徉肆恣：指纵情遨游。徜徉，徘徊、漫游。肆恣，随意、尽情。③休：停留、歇息。④深造道德：在道德修养上深造，指在道德修养上有很高的成就。

墨池之上，今为州学舍①。教授王君盛恐其不章也②，书"晋王右军墨池"之六字于楹间以揭之，又告于巩曰："愿有记。"推王君之心，岂爱人之善，虽一能不以废，而因以及乎其迹邪？其亦欲推其事以勉其学者邪？夫人之一能，而使后人尚之如此③，况仁人庄士之遗风余思④，被于来世者何如哉⑤？

【注释】　①州学舍：抚州州府的学舍。②教授：宋朝官名，主管学政和教育所属生员。章：同"彰"，显著。③尚：崇尚、推崇。④仁人庄士：品德高尚、行为端庄的人。遗风余思：遗留下来的美好风尚，余留下来的深邃思想。⑤被：泽被、影响。

庆历八年九月十二日①，曾巩记。

【注释】　①庆历八年：公元1048年。庆历，宋仁宗年号。

【点评】　曾巩（1019年—1083年），字子固，世称"南丰先生"。宋建昌南丰县（今属江西）人，后居临川（今江西抚州市西）。曾致尧之孙，曾易占之子。宋仁宗嘉祐二年（公元1057年）中进士。嘉祐五年（公元1060年）入京编校史馆书籍，历馆阁校勘、集贤校理。曾巩的主要成就还是在文学创作上。他能诗善文，与欧阳修等一起为宋代的诗文革新运动做出了杰出的贡献，成为唐宋八大家之一。著有《元丰类稿》五十卷。

　　本文是作者的一篇流传很广的作品。从题目来看，属于记叙古迹的"记"体散文，但作者并未停留于对古迹本身的记叙，而是充分发挥其长于说理的才能，紧紧围绕墨池这一贯穿全文的中心线索，一面记叙，一面议论，夹叙夹议。这篇短文的一个显著特点是因小及大，小中见大，用小题目做大文章。沈德潜评本文说："用意或在题中，或出题外，令人徘徊赏之。"名为《墨池记》，着眼点却不在"池"，而在于阐释成就并非天成，要靠刻苦学习的道理，以此勉励学者勤奋学习。作者略记墨池的处所、形状以后，把笔锋转向探讨王羲之成功的原因，这层意思紧紧扣住"墨池"题意，应是题中应有之义。但文章的主旨并不就此完结。作者由此进一步引申、推论，表现了思路的开阔，识见的高超。三言两语，便切中肯綮，收到点石成金之效；主旨一经点明，随即戛然而止，给人留下了思索的余地。全文通过记叙、议论的交替出现，显示出不断起伏的层层波澜，突出了勉人为学的鲜明主题，从而使得这篇"记"体散文，成为一篇文情并茂而又议论风生，结构谨严而又笔法活脱的优秀说理小品。本文的另一特点是多用设问句和感叹句。全文可分十四句，其中设问句五句，"也"字句两句，最后又以一个感叹句作结。这些句式的大量运用，使这篇说理短文平添了一唱三叹的情韵。特别是五个设问句，兼收停顿、舒展之功，避免一泻无余之弊，低徊吟诵，玩索不尽。

越州赵公救灾记　曾巩

　　熙宁八年夏①，吴越大旱。九月，资政殿大学士、右谏议大夫、知越州赵公②，前民之未饥，为书问属县：灾所被者几乡③？民能自食者有几？当廪于官者几人④？沟防构筑可僦民使治之者几所⑤？库钱仓廪可发者几何？富人可募出粟者几家？僧道士食之羡粟、书于籍者⑥，其几具存？使各书以对，而谨其备⑦。

　　【注释】　①熙宁八年：公元 1075 年。熙宁，宋神宗年号。②知：掌管。赵公：赵抃（1008 年—1084 年），字阅道，号知非子，谥清献，衢州西宁（今浙江衢县）人。曾任殿中侍御使，为官正直无私，弹劾不避权贵，京师有"铁面御史"之称。③被：覆盖。④廪：赈济、供给粮食。⑤僦：雇佣。⑥僧道士：僧人、道人、士人。羡粟：剩余的粮食。羡，剩余的、多余的。⑦谨其备：谨慎地准备。

　　州县吏录民之孤老疾弱、不能自食者二万一千九百余人以告。故事①，岁廪穷人，当给粟三千石而止。公敛富人所输，及僧道士食之羡者，得粟四万八千余石，佐其费②。使自十月朔③，人受粟日一升，幼小半之。忧其众相蹂也④，使受粟者男女异日，而人受二日之食。忧其且流亡也，于城市郊野为给粟之所，凡五十有七，使各以便受之，而告以去其家者勿给⑤。计官为不足用也，取吏之不在职而寓于境者，给其食而任以事。不能自食者⑥，有是具也。能自食者，为之告富人，无得闭粜⑦。又为之出官粟，得五万二千余石，平其价予民。为粜粟之所，凡十有八，使籴者自便如受粟。又僦民完城四千一百丈，为工三万八千，计其佣与钱，又与粟再倍之。民取息钱者，告富人纵予之⑧，而待熟⑨，官为责其偿。弃男女者，使人得收养之。

【注释】 ①故事：（按照）以前的做法。②佐：补助。③朔：农历初一。④踩：踩踏。⑤去：离开。⑥自食：自己供养自己。⑦闭粜：囤积粮米不对外发卖。⑧纵：放心，放手。⑨待熟：等到（庄稼）成熟。

明年春，大疫。为病坊，处疾病之无归者。募僧二人，属以视医药饮食①，令无失所恃②。凡死者，使在处随收瘗之③。

【注释】 ①属：通"嘱"，委托、嘱托。②失恃：失去依靠。③瘗（yì）：掩埋、埋葬。

法①，廪穷人尽三月当止，是岁尽五月而止。事有非便文者，公一以自任，不以累其属。有上请者，或便宜多辄行②。公于此时，蚤夜惫心力不少懈③，事细巨必躬亲。给病者药食多出私钱。民不幸罹旱疫④，得免于转死；虽死，得无失敛埋，皆公力也。

【注释】 ①法：依照法律规定。②便（biàn）宜：经过特许，不必请示，根据实际情况或临时变化斟酌处理。③蚤：通"早"，早晨。④罹：遭遇。

是时，旱疫被吴越，民饥馑疾疠，死者殆半，灾未有巨于此也。天子东向忧劳①，州县推布上恩②，人人尽其力。公所拊循③，民尤以为得其依归。所以经营绥辑先后终始之际④，委曲纤悉⑤，无不备者。其施虽在越，其仁足以示天下；其事虽行于一时，其法足以传后。盖灾沴之行⑥，治世不能使之无⑦，而能为之备。民病而后图之，与夫先事而为计者，则有间矣⑧；不习而有为，与夫素得之者，则有间矣。予故采于越⑨，得公所推行，乐为之识其详⑩，岂独以慰越人之思，将使吏之有志于民者不幸而遇岁之灾，推公之所已试，其科条可不待顷而具⑪，则公之泽岂小且近乎⑫？

【注释】　①东向忧劳：面对着遭受灾害的东面方向，勤于政务，忧心劳苦。②推布上恩：推广布施皇上的恩泽。③拊循：抚慰、安抚。④绥辑：安抚。⑤委曲纤悉：前前后后周到细致。⑥灾沴（lì）：灾害。⑦治世：太平盛世。⑧有间：有差距、有区别。⑨采：采问、访询。⑩识：记载。⑪科条：救灾的章程条例。不待顷：不需要多长的时间。⑫小且近：很小并且只影响到近前。

公元丰二年以大学士加太子保致仕①，家于衢。其直道正行在于朝廷②，岂弟之实在于身者③，此不著。著其荒政可师者④，以为《越州赵公救灾记》云。

【注释】　①致仕：退休。②直道正行：比喻办事公正。③岂弟之实：平易近人的品格，实在厚道的为人。岂弟，和乐平易，又作“恺悌”。④荒政：治理饥荒的办法措施。

【点评】　这篇文章详尽记叙了赵公越州救灾的事情。本文的中心事件是救灾，而作者并没有直接写救灾，首段从救灾之前赵公的"谨其备"开始写起，详细描写了赵公的接连七问，人物形象立马跃然纸上，给读者以总的生动印象，突出了人物品德：未雨绸缪、严谨精细，具有远见卓识。从第二段开始至第四段，作者详细记叙赵公在饥荒和瘟疫中救灾的具体措施，有详有略地安排材料：详写了"救饥发粮"的考虑和安排，突出赵公精细严谨的组织才能；略写了"救疫"，重点记叙了赵公如何妥善处理灾民、死者以及官员的问题。这三段详略得当，行文简练，但都重点突出了赵公以民为本、为民奉献、爱民如子的仁德之心和事必躬亲、无私奉献的为官之德。第五段和第六段议论抒情，并交代人物的发展和本文写作意图：作者详录赵公的救灾业绩，不只是为了宽慰百姓对赵公的思念，表达对赵公的钦佩赞许之情，更是以期总结救灾经验，为后人之鉴。

　　曾巩散文长于记叙的特点在本文表现得十分突出。救灾本是一件头绪纷繁的事情，但作者却能以要驭繁，把握关键，以赵公七问提领全文，条分缕析，叙事清楚，毫不给人以烦琐之感。此外，本文处处流露出儒家思想中以民为本的思想精神，使朴实无华的文笔传达出浓郁真挚的感情，也使本篇文章格外动人。

寄欧阳舍人书 曾巩

巩顿首再拜舍人先生①：去秋人还，蒙赐书及所撰先大父墓碑铭②。反复观诵，感与惭并。

【注释】 ①再拜：连拜两次。舍人：指欧阳修，是曾巩的老师，唐宋八大家之一。②先大父：过世的祖父。

夫铭志之著于世①，义近于史，而亦有与史异者。盖史之于善恶无所不书；而铭者，盖古之人有功德、材行、志义之美者，惧后世之不知，则必铭而见之②。或纳于庙，或存于墓，一也③。苟其人之恶，则于铭乎何有？此其所以与史异也。其辞之作，所以使死者无有所憾，生者得致其严④。而善人喜于见传，则勇于自立；恶人无有所纪，则以愧而惧。至于通材达识⑤，义烈节士，嘉言善状⑥，皆见于篇，则足为后法。警劝之道，非近乎史，其将安近？

【注释】 ①著：著称。②见：同"现"，显现，表彰。③一也：（用意）都是一样的。④严：尊严、尊敬。⑤通材达识：指博学多才、见识练达的人。通材，兼有多种才能的人。⑥嘉言善状：有教育意义的好言语和好行为。

及世之衰，为人之子孙者，一欲褒扬其亲而不本乎理。故虽恶人，皆务勒铭①，以夸后世。立言者既莫之拒而不为，又以其子孙之所请也，书其恶焉，则人情之所不得，于是乎铭始不实。后之作铭者，当观其人。苟托之非人，则书之非公与是②，则不足以行世而传后。故千百年来，公卿大夫至于里巷之士③，莫不有铭，而传者盖少。其故非他，托之非人，书之非公与是故也。

【注释】 ①勒铭：刻立碑铭。②书之非公与是：写出的铭文就不公平和不合事实。③里巷之士：住在里巷的人，指普通平凡的百姓。

然则孰为其人而能尽公与是欤？非蓄道德而能文章者①，无以为也。盖有道德者之于恶人，则不受而铭之，于众人则能辨焉。而人之行，有情善而迹非②，有意奸而外淑③，有善恶相悬而不可以实指，有实大于名，有名侈于实④。犹之用人，非蓄道德者，恶能辨之不惑，议之不徇⑤？不惑不徇，则公且是矣。而其辞之不工，则世犹不传。于是又在其文章兼胜焉。故曰：非蓄道德而能文章者无以为也。岂非然哉？

【注释】 ①蓄道德：积蓄有道德素养。②情善而迹非：内心善良但做出的事迹不让人称赞。③意奸而外淑：心怀奸诈但外表善良温和。④名侈于实：名声超过了实际表现。侈，夸大。⑤辨之不惑，议之不徇：辨别清楚而不被迷惑，议论公允而不徇私情。徇，偏于私情。

然蓄道德而能文章者，虽或并世而有①，亦或数十年或一二百年而有之。其传之难如此，其遇之难又如此。若先生之道德文章，固所谓数百年而有者也。先祖之言行卓卓②，幸遇而得铭，其公与是，其传世行后无疑也。而世之学者，每观传记所书古人之事，至其所可感，则往往盡然不知涕之流落也③，况其子孙也哉？况巩也哉？其追睎祖德而思所以传之之繇④，则知先生推一赐于巩而及其三世。其感与报，宜若何而图之？

【注释】 ①并世：同一时期。②卓卓：突出、卓著。③盡（xì）然：痛苦的样子。④睎：仰慕。繇：通“由”，原因。

抑又思若巩之浅薄滞拙①，而先生进之；先祖之屯蹶否塞以死②，而先生显之，则世之魁闳豪杰不世出之士③，其谁不愿进于门？潜遁幽抑之士④，其谁不有望于世？善谁不为，而恶谁不愧以惧？为人之父祖者，孰不欲教其子孙？为人之子孙者，孰不欲宠荣其父祖？此数美者，一归于先生。既拜赐之辱，且敢进其所以然。所谕世族之次⑤，敢不承教而加详焉⑥。愧甚，不宣⑦。巩再拜。

【注释】 ①滞拙：笨拙、愚钝。②屯蹶：困苦挫折。否塞：闭塞不通。③魁闳：高大威猛。④潜遁幽抑：隐逸困顿。⑤世族之次：家族世系的序次。⑥承教而加详：接受教诲，并加以详细研究。⑦不宣：不一一细说，书不尽怀。

【点评】 庆历六年（公元 1046 年）夏，曾巩奉父命致信欧阳修，请他为已故的祖父曾致尧作一篇墓志铭。是年，《尚书户部郎中赠右谏议大夫曾公神道碑铭》毕，次年，曾巩即回此书以深表对欧阳舍人的感谢之情。意为致谢，通篇却不含一个“谢”字，语言看似平淡，却字字意深，环环相扣。先是以"铭"与"史"之对比作为开篇,直指现世作铭著志之乱状:古之铭志,意在记古人"功德、材行、义志之美",后人方可奉之为楷模,加以学习,反观今日墓铭流弊,"不实"、"不传"司空见惯,细推原因,一则人情世故,不好对已故之人恶言相向;二来,也是最重要的一点——"立言人"。唯"蓄道德者",方可辨其情意、行为之善恶,知其是否名副其实,"不惑不徇",做到"公与是"。然而倘是仅能辨清善恶还远远不够,还须"立言人""兼胜于文章",文辞工整,所论所写皆能打动世人,使人观有所感,方可使已故之人传于天下。"然蓄道德而能文章者,世之少矣。"文章至此才推出欧阳修来,盛誉其为"若先生之道德文章,固所谓数百年而有者",并深致谢意,这才说到此感谢信的正题。

"纡徐"和"简奥"是曾文的两大风格,此篇则是最好的体现。由古至今,迂回曲折,层次相生不绝,抽丝剥茧,最后道出赞美和深谢之意,此乃"纡徐";结构严谨,言简而意深,是谓"简奥"。再加以推敲,本文按照写信缘起,议论铭志,传世志铭的关键,盛赞欧阳,深谢欧阳的顺序,逻辑清晰明了,内容行云流水。此文可称这类文章的典范之作。

唐　论　曾巩

　　成、康殁而民生不见先王之治①，日入于乱，以至于秦，尽除前圣数千载之法。天下既攻秦而亡之，以归于汉。汉之为汉，更二十四君，东西再有天下，垂四百年②。然大抵多用秦法，其改更秦事，亦多附己意，非放先王之法而有天下之志也。有天下之志者，文帝而已③。然而天下之材不足，故仁闻虽美矣④，而当世之法度，亦不能放于三代。汉之亡，而强者遂分天下之地。晋与隋虽能合天下于一，然而合之未久而已亡，其为不足议也。

　　【注释】　①成、康：指周成王和周康王。他们统治之时被后人认为周朝的盛世。②垂：传下去。③文帝：汉文帝刘恒，汉朝的第三位皇帝。在位期间，执行与民休息和轻徭薄赋的政策，使得他在位的二十三年成为汉朝从国家初定走向繁荣昌盛的过渡时期。与汉景帝并列为"文景之治"。④仁闻：仁爱的名声。

　　代隋者唐，更十八君，垂三百年，而其治莫盛于太宗。太宗之为君也，讪己从谏①，仁心爱人，可谓有天下之志。以租庸任民②，以府卫任兵，以职事任官，以材能任职，以兴义任俗③，以尊本任众④，赋役有定制，兵农有定业。官无虚名，职无废事。人习于善行，离于末作⑤。使之操于上者，要而不烦⑥；取于下者，寡而易供⑦。民有农之实，而兵之备存；有兵之名，而农之利在。事之分有归，而禄之出不浮⑧；材之品不遗⑨，而治之体相承。其廉耻日以笃⑩，其田野日以辟⑪，以其法修则安且治，废则危且乱，可谓有天下之材。行之数岁，粟米之贱⑫，斗至数钱，居者有余蓄，行者有余资，人人自厚⑬，几致刑措⑭，可谓有治天下之效。

【注释】　①讪己从谏：委屈自己，听从劝谏。②租庸：即租庸调，唐代赋役制度。③以兴义任俗：用礼义改良风俗。④以尊本任众：以农业为本，劝导百姓。⑤离于末作：离弃了那些末作贱业。末作，古代指工商业。⑥要而不烦：政务切要而不繁杂。⑦寡而易供：（赋税）数量少而且很容易供应。⑧禄之出不浮：俸禄支出没有虚假冒领。⑨材之品不遗：所有人才都没有遗漏，指能做到人尽其用。⑩笃：深厚。⑪辟：开辟。⑫贱：便宜。⑬自厚：自尊自爱。⑭几致刑措：几乎导致刑法都因此被搁置不用了。刑措，亦作"刑厝"，即置刑法而不用。意思是社会治安好，诉讼人数很少。

夫有天下之志，有天下之材，又有治天下之效，然而不得与先王并者，法度之行，拟之先王未备也①；礼乐之具，田畴之制②，庠序之教③，拟之先王未备也。躬亲行阵之间，战必胜，攻必克，天下莫不以为武，而非先王之所尚也④；四夷万里，古所未及以政者，莫不服从，天下莫不以为盛，而非先王之所务也。太宗之为政于天下者，得失如此。

【注释】 ①拟：与……相比。②田畴：田亩。③庠序：学校。④尚：崇尚。

由唐、虞之治五百余年而有汤之治①，由汤之治，五百余年而有文、武之治②，由文、武之治，千有余年而始有太宗之为君。有天下之志，有天下之材，又有治天下之效，然而又以其未备也，不得与先王并而称极治之时。是则人生于文、武之前者，率五百余年而遇治世；生于文、武之后者，千有余年而未遇极治之世也。非独民之生于是时者之不幸也，士之生于文、武之前者，如舜禹之于唐，八元八恺之于舜③，伊尹之于汤④，太公之于文、武⑤，率五百余年而一遇。生于文、武之后，千有余年，虽孔子之圣、孟轲之贤而不遇⑥，虽太宗之为君而未可以必得志于其时也，是亦士民之生于是时者之不幸也。故述其是非得失之迹，非独为人君者可以考焉⑦，士之有志于道而欲仕于上者，可以鉴矣⑧。

【注释】 ①唐、虞之治：指唐尧、虞舜时期政治清明，人民康乐的理想时代。汤之治：商汤那个政治清明、人民和谐的时代。②文、武之治：周文王、周武王那个和谐盛世时代。③八元八恺：高辛氏八个德艺双馨的子孙，称为八元；高阳氏八个德高才全的子孙，称为八恺。他们都非常贤明。尧没有举用他们，到舜的时代才任用他们，让他们做官，处理各种事务，很有成效。④伊尹：商朝著名丞相、政治家，辅助商汤灭夏朝，为商朝建立立下汗马功劳。任丞相期间，整顿吏治，洞察民情，使商朝经济繁荣，政治清明，国力迅速强盛。⑤太公：姜子牙，杰出的韬略家、军事家与政治家，辅佐周文王倾商，周武王克纣。后为丞相，称太公望，俗称太公。⑥遇：得到赏识、重用。⑦考：参考。⑧

国学经典丛书

226

鉴：借鉴。

　　【点评】　　《唐论》是曾巩的一篇很有名气的议论性散文。《宋史》说曾巩的散文："立言于欧阳修、王安石间，纡徐而不烦，简奥而不晦，卓然自成一家。"他的文章剖析微言，不露锋芒。本文可为最典型的例子。文章名为《唐论》，其实并没有大篇幅地讨论唐朝，而是用了一半以上的篇幅论述一般历史现象，无只字及唐，但处处都为后文论唐作铺垫，而论唐又实际上是在论宋，是为宋王朝开救弊的药方。落笔甚远而紧扣中心，言在彼而意在于此，有弦外之音、言外之意。表面上散而无序，实际上处处突出中心。这篇文章行文简洁畅达，语言朴实淡雅，援古事以证辩，论得失而重理，语言婉曲流畅，节奏舒缓不迫。在短短的篇幅中，往往波澜起伏，委曲变化，说理透彻精辟，具有严密的逻辑性和说服力，可与欧阳修的《朋党论》媲美。本文没有华丽的辞藻，没有极力追求对仗的排比，没有气势磅礴的抒情，自然淳朴。作为议论性散文，写得纡徐委备，委婉曲折，虽无惊涛拍岸之势，却有余音绕梁之味。

赠黎安二生序 曾巩

赵郡苏轼①，余之同年友也②。自蜀以书至京师遗余③，称蜀之士曰黎生、安生者。既而黎生携其文数十万言，安生携其文亦数千言，辱以顾余。读其文，诚闳壮隽伟④，善反复驰骋，穷尽事理；而其材力之放纵，若不可极者也。二生固可谓魁奇特起之士⑤，而苏君固可谓善知人者也。

【注释】　①赵郡：宋朝赵州，今河北赵县。苏轼是四川眉山人，祖籍赵郡，故云。②同年：同年中考的人。曾巩和苏轼都是宋仁宗嘉祐二年（公元 1057 年）的进士。③遗（wèi）：赠予。④闳壮隽伟：宏大雄壮，隽永深长。⑤魁奇特起：指特别杰出的人才。魁奇，杰出、特异。特起，突起、崛起。

顷之，黎生补江陵府司法参军①，将行，请予言以为赠。余曰："余之知生，既得之于心矣，乃将以言相求于外邪？"黎生曰："生与安生之学于斯文②，里之人皆笑以为迂阔③。今求子之言，盖将解惑于里人。"余闻之，自顾而笑④。

【注释】 ①司法参军：官名，即司法参军事。掌议法断刑。②斯文：这类文章，指韩愈、柳宗元以至欧阳修、苏轼倡导师法的古文。③里之人：乡里的人。迂阔：迂腐，不切实际。④自顾：顾自，自个儿。

夫世之迂阔，孰有甚于余乎？知信乎古①，而不知合乎世；知志乎道，而不知同乎俗；此余所以困于今而不自知也。世之迂阔，孰有甚于余乎？今生之迂，特以文不近俗②，迂之小者耳，患为笑于里之人。若余之迂大矣，使生持吾言而归，且重得罪，庸讵止于笑乎③？然则若余之于生，将何言哉？谓余之迂为善，则其患若此；谓为不善，则有以合乎世，必违乎古；有以同乎俗，必离乎道矣。生其无急于解里人之惑④，则于是焉必能择而取之⑤。遂书以赠二生，并示苏君以为何如也。

【注释】 ①信乎古：相信古人。②特：只，仅仅。③庸讵（jù）：难道，怎么。④其：还是。⑤于是焉：指在古文、道与时文、世俗之间（进行选择）。

【点评】 本文是曾巩给同年好友苏轼推荐的黎生和安生两位青年写的一篇赠序。既然是推荐信，就不可避免地赞赏黎生和安生的文章和人格，但作者反其道而行之，由黎生之口，说出了两人的缺陷"迂阔"——不合时宜、不切实际。这种不直接抨击时弊而从侧面加以反映的手法，正是作者的高明之处。《古文观止》评说："子固借'迂阔'二字，曲曲引二生入道。读之觉文章生气，去圣贤名教不远。"围绕"迂阔"两个字，作者阐明古与今、道与俗的矛盾，并以自己为例，激励二生，不要与世俗苟同。作者态度鲜明，说理精辟，层次清晰，文笔酣畅。在写法上层层递进，顺序论述，以"里人笑为迂阔"一语步步引发，从作文上引到立身行己上去。文章短小精悍，论事又细致入微，内容丰富，古今并举，涵含颇深。文章读来似嘲似解，正话反说，却也是自信十足，而以迂阔与不迂阔听人自择，厉中带婉，意尽其意，文尽其妙。通观全篇，"无法不备、无处不切"（《古文笔记注》）。

《战国策》目录序 曾巩

刘向所定《战国策》三十三篇①，《崇文总目》称第十一篇者阙②，臣访之士大夫家，始尽得其书，正其误谬而疑其不可考者③，然后《战国策》三十三篇复完。叙曰：

【注释】　①刘向：字子政，彭城（今江苏徐州）人，西汉经学家、目录学家、文学家，奉命校雠古书的"叙录"，有《战国策叙录》等。《战国策》：又称《国策》，是一部国别体史书，记事年代起于战国初年，止于秦灭六国。主要记述战国时期的纵横家的政治主张、言行策略和活动，是研究战国历史的重要典籍。作者不知是谁。西汉刘向编定为33篇，书名亦为刘向所拟定。宋时已有缺失，由曾巩作了订补。②《崇文总目》：宋代的官修书目，是北宋最大的目录书，共66卷。阙：通"缺"，缺少。③考：考证。

向叙此书，言"周之先，明教化，修法度①，所以大治。及其后，谋诈用②，而仁义之路塞，所以大乱"。其说既美矣③。卒以谓"此书战国之谋士，度时君之所能行④，不得不然"，则可谓惑于流俗⑤，而不笃于自信者也⑥。

【注释】 ①修法度：修订梳理法律制度。②谋诈用：权谋欺诈开始盛行。③美：完美、高明。④度：猜度。⑤流俗：指社会上流行的观点、看法。⑥笃：坚定。

夫孔孟之时，去周之初已数百岁，其旧法已亡，旧俗已熄久矣。二子乃独明先王之道①，以谓不可改者，岂将强天下之主以后世之所不可为哉②？亦将因其所遇之时、所遭之变而为当世之法，使不失乎先王之意而已。

【注释】 ①二子：指孔子、孟子。②强：迫使、强迫。

二帝三王之治①，其变固殊，其法固异，而其为国家天下之意，本末先后，未尝不同也，二子之道如是而已。盖法者，所以适变也②，不必尽同；道者，所以立本也③，不可不一。此理之不易者也。故二子者守此，岂好为异论哉④？能勿苟而已矣⑤，可谓不惑乎流俗而笃于自信者也。

【注释】 ①二帝：唐尧、虞舜。三王：夏禹、商汤、周文王。②适变：适应变化。③立本：确立根基，建立根本。④异论：标新立异的言论。⑤苟：苟同，姑且。

战国之游士则不然。不知道之可信，而乐于说之易合①，其设心注意②，偷为一切之计而已。故论诈之便而讳其败，言战之善而蔽其患。其相率而为之者，莫不有利焉，而不胜其害也；有得焉，而不胜其失也。卒至苏秦、商鞅、孙膑、吴起、李斯之徒以亡其身③，而诸侯及秦用之者亦灭其国。其为世之大祸明矣，而俗犹莫之寤也④。惟先王之道，因时适变，为法不同，而考之无疵，用之无弊。故古之圣贤，未有以此而易彼也。

【注释】 ①说（shuì）之易合：游说那些容易迎合国君的心意的。说，游说。②设心注意：所关心、关注的，指居心用意。③苏秦、商鞅、孙膑、吴起、李斯：这几个人，都是为战国时期不同国家献计献策的谋士。苏秦辅佐赵国，提出合纵六国以抗秦；商鞅通过变法使秦国成为富裕强大的国家；孙膑辅佐齐国两次击败庞涓，奠定了齐国的霸业；吴起先后辅佐鲁、魏、楚三国，在内政、军事上都有极高的成就；李斯辅佐秦国，消灭诸侯、成就帝业。④寤：通"悟"，理解，明白。

或曰：邪说之害正也①，宜放而绝之②，则此书之不泯③，其可乎？对曰：君子之禁邪说也，固将明其说于天下，使当世之人皆知其说之不可从，然后以禁则齐④；使后世之人皆知其说之不可为，然后以戒则明，岂必灭其籍哉？放而绝之，莫善于是。是以孟子之书，有为神农之言者⑤，有为墨子之言者，皆著而非之⑥。至于此书之作，则上继春秋，下至楚汉之起，二百四五十年之间，载其行事，固不可得而废也。

【注释】 ①害正：损害正道。②放而绝之：抛弃并禁绝这种书籍。放，放弃。绝，断绝。③泯：泯灭，指销毁。④齐：思想整齐划一。⑤神农：炎帝，上古时期姜姓部落的首领尊称，号神农氏。⑥著而非之：详细记载之后再批评否定它。

此书有高诱注者二十一篇①，或曰三十二篇，《崇文总目》存者八篇，今存者十篇云。

【注释】 ①高诱：东汉涿郡（今河北涿州市）人，著有《战国策注》、《吕氏春秋注》等。

【点评】 《〈战国策〉目录序》是曾巩的代表作之一。清代著名散文家方苞对这篇文章极为推崇："南丰之文，长于道古，故序古书尤佳。而此篇……目录序尤胜，淳古明洁。"作者在文中极力倡导"仁政"、"礼治"，反对论诈之行，排斥战国时的游士之言、抵触当时盛行的反间权谋思想，认为战国乱世，就是因为奸计谋略太过兴盛，才导致"仁义之路塞"。即便有这种针锋相对的观点，在驳斥时依然并非剑拔弩张，而是温文尔雅，从容和缓，藏锋不露，"平平说去，亹亹不断，最淡而古"。而且，更为难得的是，文章并非平铺直叙、温和平淡，力避平衍板滞，而是变幻无穷，先扬后抑，一气贯通，紧密无罅，层层掘进，跌宕生姿，在论辩时气势磅礴，不容置疑，又通过事实来晓之以理。于严谨有序中可看出结构的合缝密榫。明代归有光说："曾子固《〈战国策〉目录序》无一奇语，无一怪字，读之乃太羹元酒，不觉至味存焉，真大手笔也。"

醒心亭记 曾巩

滁州之西南①，泉水之涯②，欧阳公作州之二年③，构亭曰"丰乐"，自为记④，以见其名之意⑤。既又直丰乐之东⑥，几百步，得山之高，构亭曰"醒心"，使巩记之。

【注释】 ①滁州：今安徽省滁州市。欧阳修曾任滁州知州，在滁州留下了不少诗文，如《丰乐亭记》、《醉翁亭记》等。②涯：边际。③欧阳公：即欧阳修，字永叔，号醉翁、六一居士，吉州永丰（今江西吉安永丰县）人，北宋政治家、文学家，唐宋八大家之一。④自为记：欧阳修自己写了一篇《丰乐亭记》。⑤名之意：名称的由来。⑥直：径直、直着。

凡公与州宾客者游焉，则必即丰乐以饮①。或醉且劳矣②，则必即醒心而望，以见夫群山之相环，云烟之相滋③，旷野之无穷，草树众而泉石嘉④，使目新乎其所睹，耳新乎其所闻，则其心洒然而醒⑤，更欲久而忘归也，故即其事之所以然而为名，取韩子退之《北湖》之诗云⑥。噫！其可谓善取乐于山泉之间，而名之以见其实，又善者矣。

【注释】 ①即：到。②劳：劳累。③滋：滋生蔓延。④嘉：秀丽。⑤洒然：洒脱欣然的样子。⑥韩子退之：韩愈，字退之，唐代杰出的文学家、哲学家、思想家，祖籍河北昌黎，世称韩昌黎、昌黎先生，晚年任吏部侍郎，又称韩吏部。唐代古文运动的倡导者，被后人尊为唐宋八大家之首，与柳宗元并称"韩柳"。有《韩昌黎集》。

虽然^①，公之乐，吾能言之。吾君优游而无为于上^②，吾民给足而无憾于下^③。天下之学者，皆为才且良^④；夷狄鸟兽草木之生者，皆得其宜，公乐也。一山之隅，一泉之旁，岂公乐哉？乃公所寄意于此也。

【注释】 ①虽然：虽然如此，即便这样。②优游而无为于上：（圣上）在上面实行休养生息，宽大化民，不用刑罚苛政。③给足而无憾于下：（百姓）在下面能够自给自足，生活充裕，没有怨恨牢骚。④才且良：有才华而且贤良。

若公之贤，韩子殁数百年而始有之。今同游之宾客，尚未知公之难遇也。后百千年，有慕公之为人，而览公之迹，思欲见之，有不可及之叹，然后知公之难遇也。则凡同游于此者，其可不喜且幸欤？而巩也，又得以文词托名于公文之次，其又不喜且幸欤？

庆历七年八月十五日记^①。

【注释】 ①庆历七年：公元1047年。庆历，宋仁宗年号。

【点评】 本文写欧阳修以"醒心"名亭，而曾巩为之作记，并与欧阳修的文章《丰乐亭记》巧妙地联系在一起，以丰乐亭和醒心亭作对比，以

"醒"贯穿全篇，重在对"醒心亭"的叙写，以景物衬托心境。在丰乐亭饮酒，在醒心亭观景，当然观景不是目的。文中以美景与政治"清明图"相映衬，将欧阳修胸中的宏大的政治抱负展现得淋漓尽致——欧阳修的"真乐"在于对政治的关注，对统治者"无为而治"和老百姓安居乐业生活的追求和向往，而其得意门生曾巩对恩师的内心世界了解得很清楚。正如韩愈诗所说"应留醒心处，准拟醉时来"，欧阳修筑亭题名的含义就是为了使人在国泰民安的太平盛世中能"飒然而行"，这也是本文的主旨所在。本文主要围绕欧阳修的"醉"、"乐"、"醒"展开议论，文章构架与论述极其严谨，富有条理。并且曾巩的简约文风也在本文得到了充分的体现，主要表现为以下两个方面：在语言色彩上，曾巩的语言客观朴实，力求准确；在语言表达上，议论长于记叙。而本文的情感特色则是理性冷静，这也是作者散文的特色之一，曾巩被人称为"醇儒"，刘熙载在《艺概》中就这样评价道："曾文穷尽事理，其气味尔雅深厚，令人想见硕人之宽。"同时，理性冷静的情感与语言上多议论的特点密切相关，但读者仍能在字里行间感受到作者自己对情感的一种克制。